AF178577

GRAHAM NORTON

Der Schwimmer

Er verschwindet im Meer.
Sie glaubt an ein Verbrechen.

Übersetzt von
Silke Jellinghaus

KINDLER

Die englische Originalausgabe erschien 2022 unter
dem Titel «The Swimmer» bei Coronet Books, UK.

2. Auflage August 2023
Deutsche Erstausgabe
Veröffentlicht im Rowohlt Verlag, Hamburg,
August 2023
Copyright © 2023 by Rowohlt Verlag GmbH,
Hamburg
«The Swimmer» Copyright © 2022 by Graham Norton
Redaktion Tobias Schumacher-Hernández
Covergestaltung Cordula Schmidt Design, Hamburg
Coverabbildung Shutterstock
Satz aus der PS Fournier
bei Pinkuin Satz und Datentechnik, Berlin
Druck und Bindung GGP Media GmbH, Pößneck
ISBN 978-3-463-00049-7

Der Schwimmer

—

KAPITEL EINS

Sie hatte das alte Farmhaus wegen der kleinen Wiese auf der anderen Straßenseite gekauft. Helen nannte sie ihren Meeresgarten. Das Gelände fiel ab bis hinunter zu den Felsen und dem kalten Ozean und war von hohen Kiefern umstanden, die älter aussahen als das Haus. Im Sommer spendeten sie Schatten und während der Winterstürme Schutz.

Helen saß auf der Bank an dem kleinen Holztisch und genoss die Spätnachmittagssonne. Sie hatte von ihrem Haus ein Tablett herübergetragen. Einen Gin mit Bitter Lemon und eine kleine Schüssel mit Nüssen. Perfekt.

Es war Sonntag Abend, auf der Straße war nichts los. Die einzigen Geräusche waren der Wind in den Kiefern und das leise Plätschern der Wellen. Helen ließ sich von der Sonne das Gesicht wärmen und blickte auf. Ein langer Kondensstreifen beschrieb den Kurs eines Düsenjets in der Ferne.

Wieso sollte ich irgendwo anders sein wollen?, dachte sie und nahm einen Schluck von ihrem Drink.

Da hörte sie auf der Straße in ihrem Rücken Schritte. Sie drehte sich um und sah einen Mann. Helen schätzte ihn auf Ende dreißig. Er war dünn und hatte einen auffallend fuchsroten Bart. In der Hand schwenkte er eine blau-gelbe Plastiktüte von Lidl.

«Was für ein schöner Abend!», rief er Helen zu. Er klang, als käme er aus Dublin. Helen fragte sich, was er wohl in West Cork machte. Wie war er hierhergekommen? Sie hatte kein Motorengeräusch gehört.

«Ja, wirklich schön», antwortete Helen.

Sie vermutete, dass er zu dem kleinen Pub hinter der Straßenbiegung wollte. Wahrscheinlich traf er sich mit Freunden.

Sie nahm einen weiteren Schluck und seufzte.

So hatte sich Helen Beamish ihren Ruhestand vorgestellt. Allein und zufrieden. Neununddreißig Jahre lang war sie Grundschullehrerin gewesen.

So viel reden. Immer wollten Eltern und Schüler irgendetwas von ihr. Jetzt war ihre Zeit gekommen, einfach dazusitzen und zu lesen. Deswegen hatte sie sich in dieses alte Haus verliebt. Es war klein, aber der Blick aufs Meer war spektakulär. Sie war nie verheiratet gewesen, doch da sie direkt neben der Schule gewohnt hatte, auch niemals allein, sondern immer auf Abruf. Jetzt konnte sie für sich sein. Wütend kaute sie eine Nuss. Sie kam sich so dumm vor.

Nachdem Helen sechs Monate in ihrem neuen Haus gelebt hatte, kam ihre Schwester Margaret zu Besuch, die zwei Jahre älter war als Helen. Vor Jahren hatte sie Tony Cullen geheiratet und war mit ihm nach Manchester gezogen. Helen und Margaret standen sich nicht besonders nah. Dann war Tony gestorben, und Margaret war Helen besuchen gekommen. Einen Urlaub lang, nicht mehr. Ihre Schwester hatte so traurig gewirkt, aber Helens neues Haus am Meer hatte sie sehr geliebt. So hatte Helen sie eingeladen, länger zu bleiben.

Das war vor drei Jahren gewesen. Das Haus in Manchester war verkauft. Ein Umzugswagen war vorgefahren. Wie es schien, lebten Margaret und Helen nun zusammen. Vielleicht wäre ihr das mit jedem Menschen schwergefallen, aber nach drei Jahren fiel Helen nicht eine einzige Eigenschaft an Margaret ein, die sie nicht aufregte. Sie nahm noch einen Schluck und seufzte wieder.

Auf dem kleinen Kieselstrand ein Stück die Küstenstraße hinunter erblickte sie eine Gestalt. Die Leute nannten den Strandabschnitt Pub-Bucht, weil er gegenüber der einzigen Bar im Umkreis von mehreren Meilen lag. Es war der rothaarige Mann aus Dublin. Sie sah seinen Bart und die blau-gelbe Tüte. Seine Haut sah sehr blass aus, als er ins Wasser watete.

Tapferer Kerl, dachte Helen. Es war erst Ende Mai. Das Wasser musste noch sehr kalt sein. Sie sah, wie der Mann spritzend untertauchte und zu schwimmen begann. Es entspannte sie, seine Arme aus den Wellen auf- und wieder eintauchen zu sehen.

Helen hatte das Wochenende genossen. Margaret war fort. Sie war zu ihrer Tochter nach London gefahren. War es bösartig von ihr zu hoffen, dass sie niemals wiederkommen würde? Vielleicht hatte

Helen zu lange allein gelebt. Sie fragte sich, ob Margarets verstorbener Mann gern mit ihrer Schwester zusammengelebt hatte. Sicherlich nicht. Margaret behandelte Helen wie eine Angestellte. Ließ Tassen und Teller überall herumstehen. Brachte nie den Müll hinaus. Machte nie Gebrauch vom Staubsauger. Helen spürte, wie sie sich verspannte und immer erboster wurde. Sie musste an etwas anderes denken.

Der Schwimmer war nun sehr weit draußen. Helen hatte noch nie jemanden so weit vom Ufer entfernt gesehen. Er musste schon die halbe Strecke zu der kleinen Insel zurückgelegt haben. Sie selbst ging niemals ins Wasser, nicht einmal an den heißesten Tagen. Allein der Gedanke, einen Badeanzug zu tragen, trieb ihr die Röte in die Wangen. Was, wenn jemand, ein Mann, sie die Treppe hinunterkraxeln sah? Sie würde sterben vor Scham. Als sie das rote Haar das dunkelblaue Wasser durchpflügen sah, verspürte sie einen Anflug von Neid. Er sah so frei aus.

Die Sonne stand nun tief am Himmel. Es lag eine Kühle in der Luft, und Helen zog ihre Strickjacke fester um sich. Was sollte sie zu Abend essen? Sie hatte noch ein Lammkotelett übrig. Konnte etwas von dem Gewürzreis in die Mikrowelle stellen. Das würde reichen. Es wäre eine Abwechslung. Margaret starrte Helen immer an wie eine Außerirdische, wenn sie einen Teller vor ihr abstellte, auf dem sich keine Kartoffeln in irgendeiner Zubereitungsform befanden. All diese Jahre in Manchester. Hatten sie und Tony wirklich nie in einem Restaurant mit internationaler Küche gegessen?

Helen hielt sich für keine besonders findige Köchin, aber sie mochte Pasta oder mildes Curry. Margaret schob dann nur den Teller von sich. «Ich habe keinen Hunger», sagte sie schmollend. Später erwischte Helen sie dann dabei, dass sie sich Käsebrote machte. Margaret starrte ihre Schwester an und forderte sie stumm heraus, etwas zu sagen. Helen jedoch hatte nie Lust auf Streit. Sie leerte ihren Gin.

Vielleicht war der Drink zu stark gewesen. Ihre Augenlider wurden schwer. Das war ein angenehmes Gefühl. Warum sollte sie kein Nickerchen machen? Helen spürte, wie ihr Kinn auf die Brust sank. Dann schlief sie ein.

Als sie erwachte, war es fast dunkel. Es war kalt.

Sie stand auf und stellte das Glas zurück auf das Tablett. Eine schöne, klare Nacht. Hoffentlich würde der Tag morgen wieder sonnig werden. Als sie sich gerade vom Tisch abwandte, stach ihr etwas ins Auge. Sie stellte das Tablett ab und ging zum Rand der Grasfläche. Von dort spähte sie im Dunkel der Abenddämmerung in Richtung Pub-Bucht.

War es das, wofür sie es hielt? Ja. Selbst bei diesen Lichtverhältnissen konnte sie die blau-gelbe Lidl-Tüte erkennen. Ihr war unbehaglich zumute. Ein Blick auf die Uhr verriet ihr, dass es beinahe neun Uhr war. Sie hatte fast eine Stunde geschlafen. Wo war der Schwimmer? Hatte er einfach nur seine Tüte liegen lassen? Oder war er ...?

Sie wollte sich diese Frage nicht stellen. Sie bemühte sich, Ruhe zu bewahren. Was sollte sie machen? 999 wählen? War das die Nummer der Seenotrettung? Ein Rettungsboot anzufordern, erschien ihr wie eine ziemlich große Sache. Sie war ja überhaupt nicht sicher, ob sich jemand in Not befand.

Hinter den Bäumen an der Straße sah sie die Lichter des Pubs. Helen beschloss, dort nachzuschauen, bevor sie etwas unternahm. Sie ließ das

Tablett auf dem Tisch stehen und stolperte über das Gras zu dem kleinen Gartentor. Halb ging, halb rannte sie in Richtung Pub.

KAPITEL ZWEI

Pat hatte nie Barkeeper werden wollen. Was er stattdessen machen wollte, war unklar, aber jedenfalls
nicht das. Es sollte ursprünglich nur ein Übergangs-
job sein, doch inzwischen hatte er bereits fast fünf
Jahre damit verbracht, dem Ticken der Guinness-
Uhr an der Wand über der Bar zu lauschen. Er hatte
sich bereit erklärt auszuhelfen, nachdem sein Va-
ter gestorben war, aber nun war auch seine Mutter
nicht mehr da, und er stand immer noch im Pub.
Er hatte sich bei einem Makler nach den Verkaufs-
chancen für das Gebäude erkundigt, doch ihm war
gesagt worden, der Zeitpunkt sei ungünstig. Außerdem würde er den Erlös mit seiner Schwester in
Cork und seinem älteren Bruder in Limerick teilen
müssen. Es würde nichts übrig bleiben, und so, wie
es war, hatte er wenigstens ein Dach über dem Kopf
und einen Job.

Es war ruhig heute. Das überraschte Pat. Es war so ein schöner Abend, dass er mit ein paar Leuten gerechnet hätte, die auf einen Drink vorbeikamen. An den meisten Abenden war bis nach neun oder zehn niemand da. Die alten Bauern, die dann eintrudelten, hielten sich an ihrem Pint fest, bis Pat sie hinauswarf. Dieser Pub würde ihn niemals reich machen. Pat stellte sich oft die Frage, wie er alldem entfliehen konnte.

Als er so auf einem Hocker hinter der Bar saß, sah er eher aus wie ein Teenager als wie der Erwachsene, der hier das Sagen hatte. Sein sandfarbenes Haar fiel ihm in die Augen. Es war keine wirkliche Frisur, sondern einfach das Haar eines Menschen, der die Ausgaben für einen Friseur scheute. Seine breiten Schultern, die für seinen schmalen Körper eigentlich zu ausladend waren, dehnten ein altes U2-T-Shirt, das Pat seit seinen Schultagen besaß.

Die Tür schwang auf, und Pat stieg von seinem Barhocker, um seine erste Kundschaft zu begrüßen. Er war überrascht, die pensionierte Lehrerin zu sehen, die ein Stück die Straße hinunter wohnte. Sie schnaufte, und auf ihrer Stirn glänzte Schweiß.

Helen sah sich hastig im Raum um. Keine Spur

von dem Schwimmer. Keine Spur von irgendwem. Kein Wunder, dachte sie. Dieser Geruch nach altem Putzwasser und zusätzlich das grelle Licht der nackten Glühlampen. Dieser Ort würde niemals zum Publikumsmagneten werden. Der junge Barkeeper starrte sie an. Sie musste aussehen, als wäre sie nicht ganz bei Trost.

«Alles in Ordnung?», fragte Pat.

«Oh, vielleicht ist es nichts. Ist ein rothaariger Mann hier gewesen?»

«Nein. Sie sind heute Abend die Erste.»

«Okay. Dann weiß ich nicht, was ich jetzt machen soll.» Helen sah sich zur Tür um.

«Erwarten Sie jemanden?», fragte Pat.

«Nein. Ich habe ihn schwimmen sehen. Er ist von der kleinen Bucht aus ins Wasser gegangen. Es muss an die zwei Stunden her sein, und seine Tüte liegt noch immer am Strand.»

«Vielleicht hat er sie bloß liegen lassen.»

«Sollen wir das Rettungsboot anfordern?» Helen wirkte sehr beunruhigt.

Pat dachte einen Augenblick darüber nach.

«Wollen wir uns nicht lieber zuerst die Tüte ansehen? Vielleicht ist nur Müll drin.»

«Gute Idee.» Helen mochte diesen jungen Mann. Pragmatisch. Gelassen.

«Warten Sie, ich hole meine Taschenlampe.» Pat griff hinter den Tresen und förderte eine große Stablampe zutage. «Kommen Sie.»

«Was ist, wenn Sie Gäste bekommen?»

Pat zuckte mit den Schultern. «Ich habe auf sie gewartet, dann können sie auch auf mich warten.»

Der Pfad zur Bucht war schmal und uneben. Während sie beide dem Licht der Lampe folgten, nahm Helen Pats Arm und ließ sich stützen. Auf dem Kieselstrand erblickten sie die Tüte. Es lagen Steine darauf, damit sie nicht weggeweht werden konnte.

«Sieht nicht nach Müll aus», sagte Pat.

Helen blieb in einem gewissen Abstand stehen.

«Halten Sie mal.» Pat gab ihr die Taschenlampe, und Helen richtete sie auf die Plastiktüte. Der junge Mann bückte sich und sah hinein. Langsam zog er eine Jeans und dann ein hellblaues Hemd heraus.

Er blickte zu Helen auf.

«Hatte er die an?»

«Ich glaube schon. Ja.» Helens Herz hatte schnel-

ler zu schlagen begonnen. Sie hörte ein leises Klacken. Etwas war zu Boden gefallen. Sie schwenkte die Taschenlampe, und Pat beugte sich vor und hob eine schwere Männeruhr auf. Dann richtete er sich langsam auf.

«Das sieht nicht gut aus. Ich glaube, es wird Zeit, dass wir jemanden anrufen.»

«Alles klar.» Helen konnte nicht fassen, dass dies wirklich geschah. Sie hatte angenommen, jemand werde ihr sagen, sie übertreibe, sie sei bloß eine alte Frau, die sich zu viele Gedanken mache. Stattdessen hatte sie offenbar die ganze Zeit richtiggelegen. Jetzt fürchtete sie, dass sie Zeit verschwendet hatte.

Sie sah hinaus auf das kalte, dunkle Meer. War es möglich, dass der rothaarige Mann dort draußen noch am Leben war?

Pat hatte die Kleidung und die Uhr wieder in die Tüte gestopft. «Wir müssen zurück», sagte er, nahm Helen die Taschenlampe ab und führte sie zurück zum Pfad.

Eine Stunde später saß sie im Pub und erzählte einem Polizeibeamten, woran sie sich erinnerte.

Dass der rothaarige Mann an ihrem Garten vorbeigekommen war. Dass sie ihn später im Wasser gesehen hatte. Als sie zugeben musste, dass sie eingenickt war, errötete sie. Es ließ sie so alt wirken. Der Polizist tat so, als geschähen solche Dinge ständig.

«Keine Sorge. Er ist vermutlich auf der kleinen Insel dort draußen. Ihm wird kalt sein, und er wird sich über sich selbst ärgern, aber er ist bestimmt quicklebendig.»

«Das hoffe ich. Ich wünschte nur, ich hätte früher Alarm geschlagen.»

«Sie haben alles richtig gemacht. Das Rettungsboot ist jetzt draußen. Sie sollten nach Hause und ins Bett.»

Helen lächelte und nickte, dachte aber, dass es ja erst halb elf war. Für wie alt hielt der sie? Der Polizist war selbst nicht gerade jugendlich. Helen war aufgefallen, dass einen, sobald man ein gewisses Alter überschritten hatte, alle als alt betrachteten. Selbst andere alte Leute. Es war sehr seltsam. Sie stellte fest, dass sie es selbst auch tat.

«Ich habe Ihnen was zum Aufwärmen gemacht.» Pat stellte ein dampfendes Glas vor ihr ab. «Einen Hot Toddy. Dachte, den könnten Sie gebrauchen.»

Helen lächelte. Der Drink roch so gut. Der Whis-key, die Schärfe der Zitrone und der süße Honig. Das war jetzt genau das Richtige.

«Vielen Dank.» Sie lächelte Pat an, dankbar da-für, dass er so nett war und sie nicht wie eine alte Dame behandelte. Sie nahm einen Schluck.

«Gut?»

«Sehr!» Helen wärmte sich die Hände am Glas.

Sie lehnte sich zurück und lauschte dem Rau-schen des Funkgeräts aus dem Polizeiwagen, der draußen parkte.

Sie konnte Stimmen ausmachen. Pat hatte die Bar für den Abend geschlossen, aber es waren Leu-te hiergeblieben, um mitzubekommen, was vor sich ging. Hier draußen auf Horse Head war nicht allzu viel los, daher wollte keiner etwas verpassen.

«Soll ich Sie nach Hause begleiten?», fragte Pat, als Helen ausgetrunken hatte.

«Nein, nein. Ich komme zurecht», antwortete He-len.

«Ich bestehe darauf. Die Straße ist dunkel, und heute Nacht sind hier Autos unterwegs.» Er griff wieder nach seiner Taschenlampe, und die beiden machten sich auf den Weg.

Die Nacht war sehr still und der Himmel voller Sterne.

«Wenigstens ist es ruhig», sagte Helen.

«Wie bitte?» Pat war in Gedanken.

«So können sie besser suchen.»

«Ja. Vielleicht finden sie ihn.»

«Glauben Sie das wirklich?»

«Ganz ehrlich?»

Helen nickte.

«Nein.»

Sie gingen schweigend weiter.

Als sie das Haus erreicht hatten, wünschte Helen ihm eine gute Nacht, und Pat entfernte sich mit auf und ab hüpfendem Taschenlampenlicht in die Dunkelheit.

Helen wollte gerade hineingehen, als ihr das Tablett einfiel, das sie in ihrem kleinen Meeresgarten hatte stehen lassen. Mit vorsichtigen Schritten ging sie auf den Holztisch zu.

Draußen auf dem Wasser konnte sie einen Schiffsmotor hören. Ein starker, greller Suchscheinwerfer durchbrach die Dunkelheit. Ein Tunnel aus Licht auf dem leeren Meer. Wenn der Schwimmer auf der Insel gewesen wäre, hätte das Rettungsboot ihn mittlerweile gefunden. Der Scheinwerfer suchte nach einer Leiche.

Ein Leben war erloschen, und sie war die letzte Person, die den Mann lebendig gesehen hatte. Helen war kalt, und sie wusste, sie sollte sich schlafen legen, doch sie hatte das Gefühl, ausharren und zusehen zu müssen, wie das Licht über die dunklen Wellen strich.

KAPITEL DREI

Sie sahen nicht aus wie Schwestern. Helen hatte sich ihre schlanke Figur erhalten, ihr Haar mochte zwar ergraut sein, aber sie trug es noch wie eh und je zum Bob geschnitten. Ihre Kleidung suchte sie eher nach ihrer Bequemlichkeit aus als nach der Mode. Einfache Slacks, dicke Strickoberteile, vernünftige Schuhe.

Margaret hingegen trug stets irgendeinen auffälligen Schal um den Hals. Pastellfarbene Twinsets und eine zarte Schicht von Make-up verliehen ihr ständig das Aussehen von jemandem, der sich zum Ausgehen zurechtgemacht hat. Margaret war nicht fett, aber Helen hatte hin und wieder schon das Wort «stämmig» benutzt, um sie zu beschreiben. Margaret sprach oft über Diäten, machte aber nie eine. Ihr Haar war in einem strengen Schwarzton gefärbt und zu einer festen Dauerwelle frisiert. Helen fand, das ließ ihre Schwester älter aussehen.

Margaret hatte keine gute Laune. Sie war am Morgen zurückgekehrt und hatte ihrer Schwester alles über ihre Reise nach London erzählen wollen. Über die neue Wohnung ihrer Tochter, den Theaterabend im West End, dass sie im Flugzeug Jeremy Irons begegnet war. Stattdessen war Helen vollkommen von ihrer eigenen Tragödie erfüllt. Irgendein junger Mann sei ertrunken.

«Haben sie die Leiche gefunden?»

«Noch nicht, nein.»

«Ist man sich denn sicher, dass er noch immer da draußen ist?»

Helen wusste, dass Margaret sehr zufrieden wäre, wenn sich die Sache als Fehlalarm herausstellen würde. Sie starrte ihre Schwester an. «Also, wir hoffen natürlich, dass er am Leben ist, aber wir müssen mit dem Schlimmsten rechnen.»

«Wir?» Margaret hob eine Augenbraue.

Wie kam es, dass diese Frau Helen in so kurzer Zeit innerlich zum Kochen brachte? Helen holte tief Luft, um ruhig zu bleiben.

«Die Polizei, ich, Pat ...» Sie schwenkte den Arm.

Sie wollte Margaret glauben lassen, die Liste wäre endlos.

«Pat? Wer ist Pat?»

«Pat Carr. Der junge Kerl aus dem Pub. Er war gestern Abend wirklich sehr nett.»

Margaret schnaubte bloß. Helen hätte sie am liebsten geohrfeigt. Stattdessen verließ sie das Zimmer.

Bantry war die nächstgelegene Stadt, um einzukaufen. Man fuhr dorthin etwa dreißig Minuten die Küste entlang. Helen mochte ihre Einkaufstouren. Es fühlte sich gut an, Leuten zuzunicken, die sie kannte. Lorraine aus der Bibliothek, Barry dem Metzger, der namenlosen Frau aus dem Supermarkt. Ein Lächeln und vielleicht ein kurzer Austausch über das Wetter. Es gab Helen das Gefühl, noch Teil der Welt zu sein. Erst seitdem sie nicht mehr unterrichtete, war ihr aufgefallen, wie wenig Freunde sie hatte. Als Rektorin einer Schule war ein Großteil ihres Soziallebens auf Begegnungen mit Eltern entfallen oder auf Spendensammeln für gute Zwecke.

Nach ihrem Umzug nach Horse Head war das

für sie ein Schock gewesen. Das Haus war so still gewesen, die Tage so lang. Vielleicht hatte sie deswegen Margaret eingeladen? Hätte sie doch nur abgewartet. Jetzt konnte sie von einem langen, ruhigen Tag nur noch träumen. Während sie durch den Supermarkt ging, packte sie Margarets Lieblingstee ein, die Kekse, die ihre Schwester gerne mochte, das Brot, das sie sich gerne toastete. Es war, als wäre Helen ein Gast in Margarets Haus und nicht umgekehrt.

Der Tag war wieder sonnig, und Helen genoss die Autofahrt nach Hause. Das weite Meer vor ihr hob stets ihre Laune. Sie vergaß sogar ihre Schwester. Etwa eine halbe Meile von zu Hause entfernt war sie gezwungen, am Straßenrand zu halten. Ein großer Lieferwagen kam ihr auf der schmalen Straße entgegen. Er raste beinahe. Als er an ihr vorüberfuhr, erkannte Helen das Logo von RTE News. Wie aufregend! Bestimmt hatten sie einen Bericht über den Schwimmer gedreht. Vielleicht hatte man die Leiche gefunden? Helen fuhr ein wenig schneller.

—

Im Haus lag Margaret auf dem Sofa. Sie war erschöpft. Helen hatte keine Ahnung, warum. Schließlich hatte man, wenn man aus London hergeflogen war, keinen Jetlag.

«Ach, Helen, du hast die ganze Aufregung verpasst.»

«Ich habe den Wagen des Nachrichtensenders gesehen. Haben sie was gefunden? Weiß man, wer er ist?»

«Ich glaube nicht.»

«Aha.» Helen ging wieder in die Küche, um die Einkäufe auszupacken. Sie wusste, Margaret würde auf dem Sofa liegen bleiben.

«Ich habe deinen Pat kennengelernt», sagte Margaret beiläufig.

«Warum?», fragte sie schnell, zu schnell.

«Er kam mit den Nachrichtenleuten. Sie wollten dich sprechen.»

Helen verabscheute sich dafür, dass sie verärgert war, aber das war sie. Es wäre spannend gewesen, im Fernsehen zu sein. Sie lächelte, um Margaret zu zeigen, dass es ihr egal war.

«Ach, na ja, macht nichts.»

«Genau», sagte Margaret, ohne sie anzusehen.

Nach dem Abendessen sahen die beiden Frauen fern. Margaret schien abgelenkt.

«Das war lecker, Helen.»

«Danke.» Helen klang unsicher. Wieso war ihre Schwester so nett? Sie blickte sich im Zimmer um. Hatte Margaret etwas kaputt gemacht?

Die vertraute Nachrichtenmelodie ertönte aus dem Fernseher.

Helen setzte sich auf.

«Oh, vielleicht sehen wir das Haus in den Nachrichten. Haben sie gesagt, sie bringen es heute Abend?»

«Nicht, dass ich mich erinnere.»

Die Sprecherin verlas Nachrichten aus Dublin. Irgendein Steuerskandal. Ein schlimmer Autounfall in Galway. Dann sagte sie: «Gestern am späten Abend ist ein Schwimmer an der Küste von West Cork verschwunden. David Egan hat die Neuigkeiten.»

Nun war ein junger Mann mit Schnurrbart im Bild. Er hatte sich so aufgestellt, dass die Pub-Bucht hinter ihm gut zu erkennen war. Stand er in Helens Meeresgarten? Sie musste Margaret danach fragen, sobald der Bericht zu Ende war.

«Der Schwimmer, ein junger Mann, ist namentlich noch nicht identifiziert worden. Er wurde zuletzt gestern Abend in der Bucht hinter mir gesehen. Ich habe mit einer Augenzeugin gesprochen, der Anwohnerin Mrs. Margaret Cullen.»

Und dann war sie im Bild. Ihre starre Dauerwelle hielt der Meeresbrise stand. Ihre roten Lippen setzten die Nation darüber in Kenntnis, was sie gesehen hatte.

«Gegen neun Uhr abends fiel uns auf, dass er nicht zurückgekommen war, und so haben wir Alarm geschlagen.» Ein dünnes Lächeln, das die Welt wissen ließ, dass sie richtig gehandelt hatte. Der Bericht war vorbei.

Helen starrte nur mit offenem Mund auf den Fernseher. Was sollte sie sagen? Es kam ihr kleinlich vor, sich zu beklagen, aber das hier war nicht rechtens. Es war ihre Geschichte. Nichts davon hatte etwas mit Margaret zu tun. Nichts. Sie spürte, wie ihre Hände zitterten.

Margaret wandte sich zu ihrer Schwester um. Sie sah verlegen aus.

«Die Sache ist die, ich ...»

«Gute Nacht, Margaret.» Helen stand auf. Sie

hatte Angst, in Tränen auszubrechen. «Ich gehe ins Bett.»

Sie verließ das Zimmer und trampelte die Treppe hinauf.

KAPITEL VIER

Es war albern. Es war eine Nichtigkeit. Helen war erwachsen, und doch fühlte es sich so an, als wären die beiden Schwestern beleidigte Teenager. Worum ging es? Einen Mann, aber einen Mann, den sie nicht kannten, einen ertrunkenen Mann. Margaret war im Fernsehen gewesen. Na und? Helen lechzte nicht nach Berühmtheit. Sollte Margaret sich doch zum Affen machen. Helen stand darüber. Sie wusste, dass es so war. Warum also hätte sie am liebsten den Holzbügel von der Kleiderstange genommen und ihre Schwester damit grün und blau geschlagen?

Sie stand in ihrem Schlafzimmer und atmete tief durch. Keinesfalls würde sie Margaret merken lassen, wie aufgebracht sie war. Helen setzte ein Lächeln auf und öffnete die Zimmertür. Unten hörte sie Geräusche. Komisch. Als sie in die Küche kam, stand Margaret in einer Schürze am Herd.

«Morgen!», begrüßte Margaret ihre Schwester. «Ich dachte, ein warmes Frühstück wäre doch zur Abwechslung mal nett.»

Helen konnte nicht glauben, was sie da sah. Margaret hatte in diesem Haus noch keine einzige Mahlzeit gekocht.

«Wie schön. Danke.» Sie setzte sich an den Tisch.

«Eier? Spiegel- oder Rührei?» Margaret sah zufrieden und selbstbewusst aus.

«Rührei, bitte.»

«In der Kanne da ist Orangensaft.»

«Danke.»

Helen fragte sich, ob das hier wegen gestern Abend war oder ob Margaret noch etwas anderes ausgefressen hatte. Wie auch immer, jetzt bekam sie erst mal ein warmes Frühstück. Ein echter Genuss.

Nach dem Essen setzte Helen gerade Teewasser auf, als es an der Tür läutete.

«Erwartest du ein Paket, Margaret?»

«Ich nicht. Nein.» Sie machte keine Anstalten, sich vom Tisch zu erheben.

«Ich gehe», sagte Helen und trocknete sich die Hände an einem Geschirrtuch ab.

Vor der Tür stand der Polizist aus dem Pub. Bei ihrem Anblick nahm er die Mütze ab.

«Mrs. Beamish.»

«Miss.»

«Entschuldigung.»

«Kein Problem. Gibt es Neuigkeiten?»

«Das könnte man so sagen.» Der Polizist hielt inne. «Ist es in Ordnung, wenn ich reinkomme?»

«Natürlich.»

Helen führte ihren Gast in das kleine Wohnzimmer auf der Vorderseite des Hauses. Aus der Küche ertönte die Stimme ihrer Schwester. «Wer ist es?»

«Jemand für mich!», rief Helen zurück, laut und vernehmlich. Im Wohnzimmer schloss sie die Tür hinter sich.

«Nehmen Sie Platz. Bitte.»

Der Polizist setzte sich auf das Sofa. Helen nahm ihren angestammten Sessel vor dem Kamin. Sie wartete darauf, dass er das Wort ergriff, aber er blieb stumm.

«Haben Sie eine Leiche gefunden?», fragte sie.

«Nein. Noch nicht. Das Rettungsboot ist heute wieder draußen.»

«Ich verstehe.» Sie hätte ihm gern Tee angeboten,

wollte aber nicht in die Küche gehen und riskieren, dass Margaret sich zu ihnen gesellte.

«Gestern Abend wurde uns eine vermisste Person gemeldet.»

Helen beugte sich vor. «Ja?»

«Ein Mann aus Cork. Wir haben seinen Wagen im Dorf gefunden.»

«Im Dorf? Das ist immer noch ein langer Fußmarsch bis hierher.»

Der Polizist sah zu Boden und dann zu Helen auf. «Ich habe ein Foto. Könnten Sie einen Blick darauf werfen?»

«Natürlich.»

Er zog eine Klarsichthülle aus seiner Jackentasche und reichte Helen das Foto. Sie betrachtete es. Ein Paar auf einer Hochzeit. Nicht Braut und Bräutigam, einfach Gäste. Die Frau hatte blonde Haare und ihre Schuhe in der Hand. Der Mann hatte den Arm um sie gelegt. Er war groß und hatte rotes Haar und einen Bart.

«Ist das der Mann von Sonntagabend?»

«Ich bin mir nicht sicher. Ich glaube schon.» In ihrer Erinnerung war ihr der Mann etwas jünger erschienen und vielleicht nicht ganz so groß.

«Lassen Sie sich Zeit.»

Helen fragte, wie viele Männer mit rotem Bart wohl am Sonntag in der Gegend gewesen waren. Er musste es sein. Das Bild, das sie im Kopf hatte, war falsch.

«Ja», sagte sie. «Das ist der Mann, den ich gesehen habe.»

Sie gab das Foto zurück.

«Vielen Dank.» Der Polizist stand auf. «Sollten wir weitere Fragen haben, melden wir uns.»

«Was ist mit der Uhr? Gehört sie ihm?»

«Die Ehefrau sagt Ja, aber sie könnte natürlich auch gestohlen sein.»

Helen brachte den Polizisten zur Haustür. «Und was geschieht jetzt?», fragte sie.

«Wir suchen weiter. Es ist schwierig, einen Fall abzuschließen, wenn man keine Leiche hat.»

«Ich verstehe.»

Der Polizist holte seine Visitenkarte hervor und reichte sie Helen. «Falls Ihnen noch etwas einfällt.»

«Danke.» Helen warf einen Blick auf die Karte. *Detective Brian Walsh.*

«Gut, dann auf Wiedersehen, Detective Walsh.»

«Brian, bitte.» Er lächelte, und Helen war überrascht, wie anders sein Gesicht auf einmal aussah. Sie sah zu, wie er zu seinem Wagen ging und davonfuhr. Sie war nicht wild drauf, sich Margaret und ihren Fragen zu stellen.

Der nächste Tag fühlte sich an wie der wirkliche Beginn des Sommers. Nicht nur war der Himmel blau, die Sonne war auch richtig heiß. Helen verbrachte den ganzen Nachmittag im Meeresgarten und las ihr Buch.

Um ungefähr fünf Uhr bemerkte sie eine Gruppe von Leuten in der Pub-Bucht. Einer von ihnen war eindeutig ein Priester. Er trug sein volles Ornat, und die leichte Meeresbrise bewegte den Stoff hin und her. Neben ihm standen drei oder vier Menschen. Helen entdeckte eine blonde Frau. Ob das wohl die Person auf dem Foto war, fragte sie sich. Die anderen hatten begonnen, Fotos zu machen. Es war sehr eigenartig.

Der Priester sprach. Helen konnte so eben noch das Echo seiner tiefen Stimme ausmachen. Dann trat die blonde Frau ans Wasser. Sie warf weiße Blumen, vielleicht Rosen, ins Meer. Die Fotografen versammelten sich um sie. Helen gefiel das alles nicht.

Es mochte ein Priester dabei sein, aber die ganze Aktion wirkte heidnisch. Die Gruppe begann sich mit kleinen Schritten auf den schmalen Pfad in Richtung Straße zuzubewegen. Helen widmete sich wieder ihrem Buch.

Etwa zwanzig Minuten später vernahm sie hinter sich eine Stimme.

«Hallo!»

Sie drehte sich um. Es war Pat aus dem Pub. Er war nicht allein. Neben ihm am Tor stand die Frau aus der Bucht. Helen legte ihr Buch weg und stand auf.

«Pat! Wie geht es Ihnen? Was für ein schöner Tag.»

«Das stimmt, das stimmt. Hier ist jemand, der mit Ihnen sprechen möchte.»

«Oh. Kommen Sie doch bitte rein.»

Sie traten durchs Tor und kamen zu Helen herüber.

Die Frau nahm ihre große Sonnenbrille ab. Sie streckte die Hand aus. «Ich heiße Orla. Ich war Tom Shines Frau.»

Helen schüttelte ihr die Hand. Sie fühlte sich gleichzeitig leicht und feucht an.

«Helen. Helen Beamish.»

Pat ergriff das Wort. «Ich habe Orla erzählt, dass Sie der letzte Mensch waren, der Tom gesehen hat.»

Orla sah Helen an, als wartete sie auf irgendeine Nachricht aus dem Grab.

«Na ja, ja, also ich ...» Helen wusste nicht, was sie sagen sollte. «Wir haben uns nur gegrüßt.» Sollte sie hinzufügen, dass er ihr freundlich vorgekommen war? Nein. Das wäre zu viel. Er hatte Hallo gesagt und weiter nichts. «Möchten Sie Platz nehmen?»

«Nur für einen Moment», sagte Orla, und beide setzten sich zu Helen an den Holztisch. Sie bemerkte die großen Diamantohrringe der Frau. Waren sie echt? Sie sahen jedenfalls so aus. Teuer, und ihre Kette wirkte auch nicht billig.

«Soll ich aus dem Pub etwas zu trinken holen?», fragte Pat.

«Nein, danke», antwortete Orla.

«Kennen Sie die Gegend gut?», fragte Helen.

«Ein wenig. Wir leben in Cork.» Ihre Augen füllten sich mit Tränen. «Ich lebe in Cork, aber im Sommer sind wir öfter hergekommen, um unseren guten Freund Luke zu besuchen.»

«Kennen Sie ihn?», fragte Pat Helen.

«Kenne ich ihn?», fragte sie zurück.

«Groß, dunkle Haare, hat eine Farm auf der anderen Hügelseite. Fährt einen alten Jeep.»

«Nein, ich glaube nicht.» Helen schüttelte den Kopf.

Schweigen senkte sich herab, und das Trio lauschte dem leisen Plätschern der Wellen. Helen wandte sich an Orla.

«Und Sie haben keine Hoffnung mehr?»

«Nein.» Orla blickte aufs Meer hinaus. «Vielleicht finden wir keine Leiche, aber Tom ...» Sie unterbrach sich. «Tom ist fort.» Eine einzelne Träne kullerte ihre Wange hinunter. Helen staunte darüber, dass Orla weinen und trotzdem noch schön aussehen konnte.

«Ich sollte jetzt gehen.» Orla stand auf. «Schön, Sie kennengelernt zu haben. Danke, dass Sie versucht haben zu helfen.» Sie winkte Helen kurz zu und entfernte sich. Pat blieb neben Helen stehen.

Sie schüttelte niedergeschlagen den Kopf. «Tragisch», sagte sie leise.

«Ja», pflichtete Pat ihr bei.

«Haben sie Kinder?»

«Nein. Zum Glück.»

«Sind sie lange verheiratet gewesen?»

«Da bin ich mir nicht sicher. Eine Sandkasten-liebe.»

«Wirklich?» Helen war verwirrt. «Aber der Mann, Tom, war er nicht aus Dublin?»

«Nein. Aus Cork. Sie sind beide in Douglas auf-gewachsen.»

Helen runzelte die Stirn. Schon wieder hatte ihr ihr Verstand einen Streich gespielt.

«Ich gehe dann wohl besser zurück in den Pub. Es ist gutes Wetter. Vielleicht bringe ich ein paar Pints an den Mann.»

Pat ging bis zum Tor und drehte sich dann um.

«Möchten Sie nicht auch auf einen Drink rüber-kommen?»

Helen lächelte. «Wissen Sie was? Das mache ich.» Irgendetwas an diesem Todesfall weckte in ihr den Wunsch, ein wenig zu leben.

KAPITEL FÜNF

Der Sommer zog vorüber. Es waren mehr Autos auf der Straße. Die Geräusche von im Meer planschenden Kindern. Dann allmählich war der Himmel wieder öfter grau als blau, und aus Herbst wurde Winter. Die Straße lag wieder still da. Die Lichter aus dem Pub waren das einzige Lebenszeichen auf Horse Head.

Es wurde keine Leiche gefunden. Ein Gericht erklärte Tom Shine für tot. Tod durch Unfall, stand in der Todeserklärung. Helen hatte immer noch Angst, dass sie die Leiche finden könnte. Margaret ermahnte sie, nicht albern zu sein. Es sei inzwischen ohnehin nichts mehr von dem Mann übrig. Damit fühlte sich Helen nur noch schlechter.

Pat aus dem Pub erzählte Helen brühwarm alle Neuigkeiten. Orla Shine war wieder da gewesen. Helen fragte sich, ob sie wohl noch immer nach

Tom Ausschau hielt. Pat glaubte, dass sich Orla mehr für ihren dunkelhaarigen Freund Luke interessierte.

«Sie waren einen Abend lang hier», sagte Pat, der hinter der Bar saß. «Sie wirkte auf mich nicht wie eine besonders traurige Witwe.»

«Ach, Pat. Er ist ein Freund. Er tröstet sie bloß.» Helen dachte an Orlas Tränen im Meeresgarten.

Pat schüttelte den Kopf. «Vielleicht hast du recht.»

Montags und donnerstags ging Helen nun meistens abends in den Pub. Pat hatte sie gefragt, ob sie Schach spiele. Das tat sie. Nach dem Abendessen ließ sie Margaret zurück und schlenderte mit ihrer Taschenlampe zum Pub. Pat baute das Schachbrett auf dem Tresen auf, und sie spielten. Wenn ein Gast noch ein Getränk wollte, gab er Helen mehr Zeit für ihren nächsten Zug. Sie waren gleich gut. Beide gewannen so oft, wie sie verloren. Es war nur eine kleine Sache, aber Helen hatte Freude daran. Der Winter erschien dadurch leichter zu ertragen. Margaret ein paar Stunden lang nicht zu sehen, half ebenfalls. So lief es zu Hause viel besser.

Ein paar Wochen vor Weihnachten fuhr Helen zum Einkaufen nach Bantry. Sie war schon auf dem Heimweg, als ihr einfiel, dass Margaret sie um eine Zeitung gebeten hatte. Sie beschloss, beim Dorfladen zu halten. In den ging Helen nur äußerst selten. Die alte Mrs.Carthy, der er gehörte, war ihr zu anstrengend. Helen hatte nichts gegen ein Schwätzchen, aber hier war es eher so, als würde man von der Polizei verhört. So viele Fragen. Helen wappnete sich und betrat den Laden. Von Mrs.Carthy war keine Spur zu sehen. Gut. Sie bückte sich nach einer Zeitung. Plötzlich war da eine Frauenstimme ganz nah an ihrem Ohr.

«War es Ihre Schwester, die den Mann gesehen hat, der ertrunken ist?»

Helen zuckte überrascht zurück.

«Entschuldigung. Ich wollte Sie nicht erschrecken.»

«Es ist alles in Ordnung. Schon gut», sagte Helen. «Nein, genau genommen war ich diejenige, die ihn gesehen hat. Und Sie sind diejenige, die seinen Wagen entdeckt hat. Habe ich recht?»

«Na ja, immerhin habe ich ihn überhaupt noch gesehen. Ich hatte so ein schlechtes Gewissen. Er muss schon am Sonntag da gestanden haben, aber er ist mir bis Montag Abend nicht aufgefallen.»

«Es macht bestimmt keinen Unterschied», sagte Helen. «Ich bin in der Sonne eingeschlafen. Vielleicht hat er um Hilfe gerufen.» Sie war sich nicht sicher, warum sie das der alten Mrs.Carthy anvertraute. Es fühlte sich gut an, ihre Schuld zu beichten.

Mrs.Carthy beugte sich zu ihr vor. «Gott vergib mir, aber ich glaube, der Kerl wollte ertrinken. Das Wasser in der Pub-Bucht ist sehr ruhig. Er ist so weit rausgeschwommen, er hatte nicht vor zurückzukommen.»

Helen sah sich um für den Fall, dass ihnen jemand zuhörte. «Dasselbe habe ich mir auch schon gedacht.»

«Und haben Sie schon die Neuigkeiten vernommen?»

«Nein. Welche Neuigkeiten?», fragte Helen.

«Über den *Freund* der Ehefrau.» Mrs.Carthy sprach das Wort Freund so aus, als hielte sie ihn für mehr als das.

«Luke, meinen Sie?»

«Genau den. Tja, der verkauft die Farm. Das Haus, das Land, alles.»

«Wieso?»

«Na ja, ich schätze, er möchte einen Neuanfang machen. Vielleicht wollen *die beiden* einen Neuanfang machen.»

Pat im Pub lachte. «Habe ich es dir doch gesagt! Das war mehr als Trösten.»

«Wir wissen noch gar nichts.» Helen wollte das Beste von den Menschen denken. «Außerdem trauert jeder unterschiedlich. Sie ist Witwe. Sie darf neues Glück finden. Ich wünschte, das würde meine Schwester Margaret auch tun.»

Auf Pats Gesicht spiegelte sich eine Mischung aus Verwirrung und Abscheu. Anscheinend fiel es ihm schwer, sich Margaret in romantischen Zusammenhängen vorzustellen. Er räusperte sich, als wollte er den Gedanken vertreiben. «Dieser Luke sollte es besser nicht allzu eilig haben, sich vom Acker zu machen.»

«Warum sagst du das?», fragte Helen.

«Die Farm zu verkaufen, wird nicht leicht. Die Hälfte des Landes besteht aus Felsen.»

«Irgendjemand wird das Haus schon haben wollen. Als Ferienhaus?»

«Also, ich war nicht drin, aber es sieht aus wie eine Ruine und hat auch keinen schönen Ausblick. Liegt in einer Senke. Ein besserer Unterstand, mehr nicht.»

«Na ja, falls er sich mit Orla vom Acker macht ...»

«Macht er!», unterbrach Pat sie.

«*Falls* er das macht», Helen lächelte, «braucht er kein Geld.»

«Nein?»

«Ich denke, Orla hat Geld. Hast du nicht ihre Ohrringe bemerkt?»

«Könnte Modeschmuck gewesen sein.»

«Vielleicht, aber das glaube ich nicht. Alles an Orla, ihre Kleidung, ihre Haare, alles sah für mich nach Geld aus.»

«Ich beuge mich der weiblichen Einschätzung», sagte Pat. «Frauen wissen so was am besten.»

«Das tue ich, das tue ich tatsächlich.» Sie nahm eine Schachfigur in die Hand, und ein breites Lächeln erschien auf ihrem Gesicht.

«Schach und Matt!»

Weihnachten kam und ging. Margaret war zu ihrer anderen Tochter nach Manchester gefahren. Helen war ebenfalls eingeladen worden, hatte aber höflich abgelehnt. Ein paar Tage ohne ihre Schwester waren genau das Weihnachtsgeschenk, das sie sich wünschte. Sie hatte vor, Pat zum Abendessen einzuladen. Aber dann erzählte er ihr, er werde über Weihnachten nach Cork fahren. Seine Tante und sein Onkel veranstalteten jedes Jahr ein Essen. Helen wollte es nicht zugeben, aber die Nachricht stimmte sie traurig. Sie hatte ein Reiseschachbrett gekauft, das sie Pat hatte zu Weihnachten schenken wollen. Helen versteckte es ganz hinten in ihrem Schrank. Sie kam sich lächerlich vor.

———

Nach den Feiertagen, Margaret war wieder zurück, beschloss Helen, ein paar Schachabende im Pub auszulassen. Eigentlich lag nichts im Argen, aber ihr war bewusst, dass sie zu sehr an Pat hing. Sie freute sich zu sehr auf die Abende mit ihm. Sie brauchte eine Pause, damit ihr törichtes Herz abkühlen konnte.

Ohne es zu wollen, fühlte sie sich ... was? Zu Pat hingezogen? Ganz sicher nicht. Sie wollte keine romantische Beziehung. Natürlich nicht. Allein die Vorstellung war absurd. Nein. Sie mochte Pat nur gern. Sie genoss seine Gesellschaft. Helen war fast zweiundsiebzig. Wie alt war er? Noch keine dreißig.

Andererseits, warum sollten sie keine Freunde sein? Sie hatte Spaß im Pub. Das tat niemandem weh. Er arbeitete dort, also hielt sie ihn nicht davon ab auszugehen. Wenn er wollte, könnte er leicht eine Freundin finden. Sie war nicht daran gewöhnt, Freundschaften zu haben, schon gar nicht mit einem jungen Mann. Es hatte sie verwirrt, das war alles. Sie war eine erwachsene Frau und wusste, wie man seine Gefühle im Griff behält.

Eines Morgens traf ein schwerer Umschlag für Helen ein. Darin befand sich eine Einladung zu einem Galadinner in Dublin im nächsten Monat. Normalerweise hätte Helen einfach abgesagt, aber das hier war etwas Besonderes. Es waren die Irish Teacher Awards, und Helen war noch nie dort gewesen. Ihre Freundin Fiona Lyons sollte eine Auszeichnung für ihre Lebensleistung erhalten und wünschte sich, dass Helen dabei war. Sie sah sich die Einladung genauer an. *Helen Beamish mit Begleitung.* Ihr erster Gedanke war, Pat mitzunehmen. Nein. Das war verrückt. Sie seufzte schwer. Ihr war klar, wer ihre *Begleitung* zu sein hatte.

Margaret sagte entzückt zu. Sofort war es so, als wäre sie diejenige, die eine Auszeichnung erhalten würde. Ein neues Kleid. Anruf im Hotel, um die Zimmerfrage zu klären.

«Zwei Einzelbetten bitte. Wird Obst auf dem Zimmer sein? Ein Föhn? Ein Bügeleisen?»

Helen bemühte sich, dem keine Aufmerksamkeit zu schenken. Sie wusste bereits, dass sie ihr blassrosa Wollkleid mit einem Seidenschal tragen würde. Es war das Outfit ihrer Abschiedsparty aus dem Schuldienst. Einfach und elegant, aber vor allem bequem. Margaret fragte sie, ob sie etwas mit ihrem Haar machen würde.

«Nein», blaffte Helen. Was hatte ihre Schwester vor? Sie befürchtete das Schlimmste.

An dem Tag fuhr Helen sie beide nach Cork. Von dort aus nahmen sie den Zug nach Dublin. Ein Taxi brachte sie ins Hotel.

«Fünfundzwanzig Euro!» Margaret war entrüstet.

Helen bezahlte den Taxifahrer und gab ein großzügiges Trinkgeld. Die Leute sollten nicht denken, sie wäre wie ihre Schwester. Im Hotel lächelte sie jeden an und sagte laut und oft «Danke». Ihre Schwester sah streng aus. Helen bemerkte, wie sie mit der Fingerspitze über einen Tisch strich. Suchte sie etwa nach Staub? Als sie zu ihrem Zimmer kamen, erteilte Margaret dem Mann, der ihr Gepäck trug, in barschem Ton Befehle. Helen gab ihm einen Fünf-Euro-Schein. Er lachte, als sie in Richtung ihrer Schwester die Augen verdrehte.

Helen musste zugeben, dass Margaret sich für das Abendessen sehr hübsch gemacht hatte. Ihr Kleid war marineblau, der Stoff glänzte. Helen sorgte sich, dass rosa Wolle zu leger sein könnte. Na ja, nun war es zu spät. Als sie das Zimmer verließen, war Helen nervös. Sie wusste nicht, warum.

Die Schwestern wurden an Fionas Tisch platziert. Es war großartig, die alte Freundin wiederzusehen. Geschichten aus ihrer gemeinsamen Unizeit auszutauschen. Was machten die anderen jetzt? Waren sie im Ruhestand? Geschieden? Tot? Helen warf einen Blick zu Margaret hinüber, aber die plauderte mit dem sehr rotgesichtigen Mann neben ihr. Sein Glatzkopf sah aus wie ein Ball, der auf seinen Schultern balancierte. Wo war sein Hals?, fragte sich Helen. Margaret lachte ein wenig zu laut. Flirtete sie mit dem rotgesichtigen Mann? Na gut, solange sie glücklich war.

Vor der Preisverleihung wurde das Essen serviert.

«Ich darf nicht zu viel trinken», sagte Fiona.

Helen blickte auf ihr volles Weinglas. «Macht es dir etwas aus, wenn ich trinke?»

«Natürlich nicht! Ich hole dich nach der Preisverleihung wieder ein.»

Ein langer Arm wurde zwischen den Frauen hindurchgestreckt. Er hielt einen Brotkorb. Fiona nahm sich ein Brötchen, und der Korb kam auf Helen zu. Sie blickte zu dem Kellner auf. Sie kannte ihn.

«Hallo», sagte sie.

«Hallo», antwortete der Kellner.

Woher kannte sie diesen jungen Mann? Der kurze rote Bart. Das rote Haar. Auf einmal fiel es ihr ein. Es war der Mann von der Straße. Es war der Schwimmer.

Helen versuchte aufzustehen.

«Ich kenne Sie.»

Der Kellner wirkte verunsichert.

«Ich glaube nicht», sagte er und sah sich wie Hilfe suchend um.

Die Stimme! Es war ein Dubliner Akzent. Helen war sich sicher, dass dies der Mann war. Fiona und Margaret starrten sie an. Hatte sie den Verstand verloren?

«Horse Head. Letzten Sommer», versuchte Helen seinem Gedächtnis auf die Sprünge zu helfen.

«Entschuldigen Sie, ich ...» Der Kellner wandte sich zum Gehen. Helen packte seinen Arm, doch er riss sich los und ging hastig davon. Sie beobachtete, wie er sich zwischen den Tischen hindurchschlängelte. Sie setzte sich.

«Was war das denn?», fragte ihre Freundin Fiona. Margaret beugte sich vor, sie war ebenfalls neugierig.

Helen war außer Atem.

«Dieser Kellner. Der mit den roten Haaren. Ich habe ihn letzten Sommer gesehen. Sie haben gesagt, er wäre ertrunken, aber das ist er.»

«Der Mann von der Pub-Bucht?», fragte ihre Schwester.

«Ja!» Helen versuchte, ihn durch den Raum hindurch zu erspähen. Er sprach mit einer Kellnerin. Beide blickten in Helens Richtung.

«Sie haben nie eine Leiche gefunden», erklärte sie Fiona. «Entschuldigt mich. Ich muss versuchen, mit ihm zu sprechen.» Sie stand auf.

«Helen. Setz dich!», zischte Margaret, aber zu spät, ihre Schwester ging bereits zwischen den Tischen hindurch.

Der rothaarige Kellner hatte Helen bemerkt. Er bewegte sich schnell auf eine Schwingtür zu und verschwand. Inzwischen war Helen bei der Kellnerin angekommen.

«Entschuldigen Sie.»

«Ja?», fragte die Kellnerin mit einem reizenden Lächeln.

«Ich hätte gern mit Ihrem Kollegen gesprochen. Dem rothaarigen Mann.» Sie zeigte auf die Schwingtür.

«Es tut mir sehr leid. Er ist krank. Er ist nach Hause gegangen.» Ein weiteres reizendes Lächeln.

«Können Sie mir wenigstens sagen, wie er heißt?», fragte Helen.

«Leider nicht. Es ist uns nicht gestattet, Gästen solche Auskünfte zu geben.»

«Wirklich? Es ist sehr wichtig.»

«Tut mir leid», wiederholte die Kellnerin. Dieses Mal wirkte das Lächeln ein wenig eingefroren. Helen entfernte sich.

Als sie an den Tisch zurückkehrte, berichtete sie den anderen von ihrem Gespräch mit der Kellnerin. «Nicht mal ein Name! Irgendetwas stimmt da nicht. Das ist der Mann, den ich an dem Abend im Meer gesehen habe. Wo also ist Tom Shine? Sagt mir das bitte.» Sie sah ihre Schwester und ihre Freundin an. «Wo ist Tom Shine?»

Margaret warf Fiona einen Blick zu und verdrehte die Augen. «Ich glaube, hier hat jemand zu viel Wein intus.»

KAPITEL SECHS

«Erzählen Sie es mir noch einmal.» Detective Walsh sah müde aus. Das grelle Licht auf der Polizeiwache ließ seinen kahlen Kopf glänzen. Er wischte sich mit einem Taschentuch darüber. Helen holte tief Luft und begann von vorne.

«Der Mann, den Sie mir auf dem Foto gezeigt haben, war nicht der Mann, den ich im Meer gesehen habe. Der Schwimmer lebt, und es geht ihm gut. Ich habe ihn in Dublin gesehen.»

Der Polizist nickte.

«Haben Sie ihn gefragt, wo er hin ist? Warum er seine Tüte und die Uhr zurückgelassen hat?»

«Dazu hatte ich keine Zeit. Als er gesehen hat, dass ich es bin, ist er weggelaufen.»

Der Detective seufzte.

«Mrs. – Entschuldigung, Miss Beamish, der Fall ist abgeschlossen.»

«Bitte. Ich weiß, Sie müssen mich für eine alberne alte Gans halten, aber ich habe gesehen, was ich gesehen habe.»

«Sie haben gesagt, Sie hätten den Mann auf dem Foto erkannt.»

«Ich weiß. Ich weiß. Ich habe zu schnell den Mund aufgemacht. Ich habe nur bestätigt, dass es Tom Shine war, weil sein Wagen im Dorf stehen gelassen wurde.»

Der Polizist lehnte sich zurück. Er hielt Helen nicht für eine alberne alte Gans. Er mochte sie. Er wollte helfen, aber wie?

«Es reicht einfach nicht. Ich kann nicht einen Fall wieder aufrollen, nur weil Sie einen rothaarigen Kellner gesehen haben. So leid es mir tut.»

«Ich habe im Hotel angerufen, aber man hat sich geweigert, mir irgendeine Auskunft zu geben.»

«Sie haben was getan?» Detective Walsh war alarmiert.

Helen sprach weiter, ohne auf die Frage einzugehen. «Wenn Sie erst einen Namen haben, könnten Sie mit Orla sprechen, Shines Frau. Sehen, wie sie reagiert.»

«Ich weiß nicht.» Der Polizist schüttelte den Kopf.

«Und habe ich Ihnen erzählt, dass ihr Freund Luke seine Farm verkauft? Das muss etwas bedeuten.»

«Es bedeutet, dass er seine Farm verkauft. Mehr nicht.»

«Aber irgendetwas stimmt da nicht», sagte Helen. «Nur ein Anruf. Einer.»

Detective Walsh klopfte mit der Hand auf den Schreibtisch. «Okay. Ich rufe im Hotel an.»

Helen stand auf. «Danke. Ich danke Ihnen so sehr.» Sie verspürte das Verlangen, Detective Walsh zu umarmen, widerstand ihm aber.

Der Polizist lachte. «Ich verspreche nichts. Und jetzt fahren Sie nach Hause und passen Sie auf. Die Straßen sind spiegelglatt!»

«Mache ich. Mache ich. Danke, Detective Walsh.»

Sie verließ sein Büro und wickelte sich ihren Schal um den Hals.

Nachdem Helen gegangen war, rief Detective Walsh das Hotel in Dublin an. Er hatte kein Glück. Für den Abend waren zusätzliche Arbeitskräfte angeheuert worden. Alle wurden in bar ausbezahlt. Falls sie falsche Namen angegeben hätten, wäre es nicht aufgefallen. Eine Sackgasse. Der Detective war beinahe froh. Weniger Arbeit für ihn. Gleichzeitig war er nicht froh. Helen Beamish war keine Närrin. Vielleicht würde er am nächsten Morgen auf dem Weg zur Arbeit bei Orla Shine vorbeischneien. Mal nachschauen, wie es der Witwe so ging.

An diesem Abend saß Helen in der Bar auf ihrem Hocker. Das Schachbrett war aufgebaut. Sie erzählte Pat alles.

«Und du hast es der Polizei gemeldet?», fragte er Helen.

«Ja. Aber der Detective hatte wenig Hoffnung. Der Fall ist abgeschlossen. Was hältst du davon?»

Pat nickte langsam, dann sagte er: «Na ja, ich habe immer gesagt, dass Orla Shine nicht die Nullachtfünfzehn-Witwe ist. Aber wer ist dann der Kellner in Dublin? Warum war er zum Schwimmen hier? Gibt es eine Verbindung zwischen ihm und Orla? Und warum stand Toms Wagen im Dorf?»

Helen nahm einen Schluck Gin. «Ich habe keine Ahnung. Detective Walsh macht ein paar Anrufe, aber ich habe das Gefühl, irgendetwas müssten wir doch auch tun können.»

«Wir?» Pat klang nicht besonders überzeugt.

«Ja. Nach Hinweisen suchen. Das hier ist der Schauplatz des Verbrechens.» Helen blickte sich in der Bar um.

Pat beschloss, ihr keinen zweiten Drink anzubieten. «Helen, wir haben die Lidl-Tüte schon gefunden. Was soll sonst noch hier sein?»

Helen schwieg einen Moment, dann hellte sich ihre Miene auf.

«Pat. Hast du noch dein Boot?»

«Ja.» Pat wollte wissen, warum sie das fragte.

«Wollen wir nicht zur Insel rausfahren?»

«Die kleine Insel vor deinem Haus?», fragte er.

«Ja!» Helen fühlte sich sehr unternehmungslustig.

«Aber die Polizei hat die Insel schon abgesucht.»

«Ja. Stimmt, hat sie, aber sie haben nach einer Leiche gesucht!» Helen hob einen Finger. Sie schien zu denken, dass sie ein sehr gutes Argument vorgebracht hatte. Pat war da nicht so überzeugt.

«Und wonach sollen wir suchen?», fragte er.

Helen verstummte für einen Augenblick. «Also, da bin ich auch überfragt, aber wir werden es wissen, wenn wir es finden.»

Darauf hatte Pat keine Antwort.

«Also morgen früh?», fragte sie.

«Es ist so kalt, Helen.» Ihm gefiel die Vorstellung nicht, dass sich diese alte Dame im Winter aufs Meer hinausbegab.

«Wir haben Mäntel, Mützen, Handschuhe! Kalter Wind hat noch niemanden umgebracht.»

Da war sich Pat nicht so sicher. Helen zog ihre Taschenlampe heraus und stand auf.

«Wir sehen uns morgen früh!» Sie öffnete die Tür. Der kalte Wind pustete sie beinahe um. «Sagen wir um zehn?», rief sie Pat über die Schulter zu.

«Gut. Bis dann.» Die Tür schloss sich mit einem Knall.

Am nächsten Morgen war das Gras im Meeresgarten hart von Frost.

«Das ist Irrsinn», sagte Margaret zu ihrer Schwester. «Was, wenn du ins Wasser fällst? Du wirst erfrieren, bevor du ertrinken kannst.»

«Wieso sollte ich reinfallen? Das Meer ist wie ein Mühlenteich», gab Helen zurück, und ihre Schwester musste ihr zustimmen. Der Wind vom Vorabend war abgeklungen. Der Himmel war von einem blassen Blau. Die beiden Frauen standen bei den Kiefern. Ihre Atemluft stieg in Wolken auf. Margaret zog sich ihre Wollmütze über die Ohren. Sie wollte gerade fragen, wo Pat blieb, als ein Motorengeräusch erklang. Das Tuckern des Motors wurde lauter. Pat saß im Heck eines langen, niedrigen Bootes. Es war aus Holz und grün gestrichen.

Parallel zu den Felsen hielt es an. «Guten Morgen, die Damen!», rief Pat.

«Hallo», sagte Helen. Sie musste zugeben, dass sie jetzt, wo das Boot eingetroffen war, etwas nervös wurde.

«Kommt ihr beide mit?», fragte Pat. «Ich habe nur eine Decke dabei.»

«Oh nein, nur eine von uns!», rief Margaret lachend. «Ich verspüre heute keinerlei Todessehnsucht.»

«Sei nicht albern», sagte Helen verärgert. «Hilf mir lieber.» Margaret streckte den Arm aus, und sie nahm ihn.

«Vorsicht, Helen.»

Pat hielt ihr die Hand hin und nahm ihren anderen Arm, und mit einem großen Schritt war sie im Boot. Sie setzte sich, so schnell sie konnte.

«Viel Glück!», rief Margaret und winkte. Das Geräusch des Motors veränderte sich, als Pat von den Felsen abgelegt hatte und in Richtung Insel beschleunigte. Helen winkte ihrer Schwester zu und bemühte sich, so auszusehen, als wäre ihr warm und wohl zumute. Der Fahrtwind war sehr kalt im Gesicht.

«Gut, dass kein Sturm ist!», rief Pat über das Motorengeräusch hinweg.

«Ja», antwortete Helen, so laut sie konnte. Sie hielt ihre Mütze fest.

Es dauerte nur ein paar Minuten, zu der kleinen Insel überzusetzen. Pat verlangsamte das Boot. Möwen stiegen unter lautem Protest von der Insel auf.

«Können wir drum herumfahren?», fragte Helen.

«Drum herum?»

«Auf die andere Seite der Insel. Dorthin muss er geschwommen sein.»

«Okay.» Das Boot pflügte durch das Meer. Die Morgensonne ließ das Wasser aussehen wie Seide.

Auf der anderen Seite der Insel legte Pat an. Er sprang auf einen steinigen Flecken Strand und zog das Boot aus dem Wasser. Dann legte er seine Hände unter ihre Achseln und hob Helen an Land. In seinen Armen zu sein, fühlte sich gut an.

«Oh, Helen, du bewegst dich ja wie eine Tänzerin. Tanzt du?»

«Nein, nein», sagte sie und wurde rot. Tatsächlich war das eine Lüge. In jüngeren Jahren hatte sie tanzen geliebt. Mit ihrer Freundin Fiona war sie auf so vielen Tanzabenden gewesen. Sie hatte mit Jungen getanzt. Jungen hatten sie um ein Wiedersehen gebeten, aber sie hatte stets Nein gesagt. Sie wollte studieren. Nachdem sie Lehrerin geworden wäre, würde noch jede Menge Zeit sein für Männer. Das hatte sie sich damals gesagt. Wie sich herausstellte, hatte sie damit falschgelegen. Sie lächelte Pat an. Für all das war es zu spät.

«Okay», sagte Pat. «Wonach suchen wir?»

Helen sah sich um. «Bin mir nicht sicher.»

Sie machte ein paar Schritte vorwärts auf das harte Gras zu. «Was riecht hier so?», fragte sie.

«Die Vögel», antwortete Pat. «Diese Insel ist eine einzige riesige Vogeltoilette.»

Helen lachte. «Reizend.»

«Sieh dir das an!», rief Pat aus, und Helen eilte zu ihm hinüber. Er zeigte zu Boden. Auf der Erde war ein langer, dünner Abdruck zu sehen.

«Was ist das?»

Er stieß ein kurzes Lachen aus. «Ich weiß nicht. Vielleicht lag hier ein Boot?»

Helen musterte die Stelle genauer. «Und das ist vom letzten Sommer? Ist das möglich?»

Pat zuckte mit den Schultern. «Kann schon sein. Die Spuren sind oberhalb der Flutlinie. Ich weiß nicht, welchen Schaden Wind und Regen daran anrichten können. Es war kein so schlimmer Winter.» Er blickte sich um und schirmte dabei seine Augen gegen die tief stehende Wintersonne ab. Plötzlich zeigte er ins Gras. «Was ist das?»

Helen stieß einen kleinen Schrei aus. «Oh, du und deine jungen Augen! Was hast du jetzt gefunden?»

Pat kniete auf dem Boden und teilte mit den Händen das Gras. Ein kurzes, orangefarbenes Stück Nylonseil war an einem großen Felsen festgebunden. Es leuchtete und wirkte so sehr wie ein Fremdkörper, dass Helen regelrecht schockiert davon war, es beim Betreten der Insel nicht sofort gesehen zu haben.

«Abgeschnitten.» Pat hielt das Seilende hoch. «Jemand hatte es eilig, von hier wegzukommen.»

Helen sah sich um. Sie wollte gerne glauben,

dass dies der Beweis für etwas war, aber sie wusste, es war nur ein beliebiges Stück Seil. Jeder hätte es zurücklassen können. Tagesausflügler, die hier gepicknickt hatten. Ein Fischer. Wer wusste das schon?

«Der Wind frischt auf», unterbrach Pat ihre Gedanken. «Wir sollten zurückfahren.» Er machte sich zum Ufer auf, und Helen folgte ihm. Aus dem Nirgendwo schienen dunkle Wolken aufzuziehen.

«Pat?», rief sie gegen den Wind.

«Ja?» Er sah sich über die Schulter zu ihr um.

«Wenn du ein Boot hättest und nicht zur Pub-Bucht zurückkehren wolltest, wohin würdest du fahren?»

Pat blieb stehen und dachte über die Frage nach.

«Über die Bucht? Da drüben gibt es eine kleine Anlegestelle.» Er zeigte auf die Landspitze auf der anderen Seite der Bucht. «Sie nennen sie Mona. Dort hat man früher Torf verladen.»

Pat ging weiter. Sie waren schon beinahe am Wasser, als der Regen einsetzte. Leichter Regen zuerst, doch dann spritzten ihnen dicke Tropfen ins Gesicht.

Helen stieg vorsichtig zwischen den Felsen hindurch, als sie plötzlich ausglitt. Sie stürzte und schrie laut auf. Pat drehte sich um.

«Oh Gott, Helen, geht es dir gut?» Er eilte zu ihr.

Auf dem nassen Felsen unterzog sich Helen einer kurzen Prüfung. Alle Gliedmaßen ließen sich bewegen. Kein scharfer Schmerz.

«Alles in Ordnung. Nichts passiert.»

Pat stand vor ihr. «Du hast mir aber einen ganz schönen Schreck eingejagt!»

Er beugte sich vor, um ihr aufzuhelfen, und sie griff nach seinem Arm. Als er sie hochziehen wollte, rutschte er ebenfalls aus, und sie landeten beide wieder auf dem Boden.

«Entschuldigung!», sagte Pat lachend. «Ich bin ja eine schöne Hilfe. Alles in Ordnung?»

Pats Körpergewicht lag auf Helen. «Ja.» Sie fühlte seinen warmen Atem seitlich an ihrem Gesicht. Sie drehte den Kopf, und ihre Blicke begegneten sich. Helen erstarrte. Pats Gesicht kam näher. Sie sah die unterschiedlichen Brauntöne in seinen Augen. Sein Mund war so dicht an ihrem. Ihr Herz schlug erschreckend schnell. Geschah das wirklich? War Pat kurz davor, sie zu …?

Plötzlich schnellte Pats Kopf vor, und er platzierte einen lauten Schmatzer auf ihrer Stirn. Dann zog er Helen mit einem komödiantischen Ächzen in einer fließenden Bewegung auf die Füße.

«So, dann schaffen wir diese Dame mal nach Hause, bevor weiterer Schaden entsteht.» Er lachte, und Helen gelang es, ihren Mund zu einem Lächeln zu verziehen.

Sie kam sich so dumm vor. Nein. Sie kam sich alt und dumm vor.

Wie hatte sie sich auch nur für einen Augenblick gestatten können zu glauben, dieser junge Mann könnte auf diese Weise an ihr interessiert sein? Sie wollte von der Insel herunter. Sie wollte zu Hause bei Margaret sein, wo sie sich als die Vernünftige vorkommen konnte.

Pat streckte eine Hand aus, um ihr ins Boot zu helfen. Sie hoffte, dass der heftige Regen die Tränen unsichtbar machte, die ihr über das Gesicht liefen.

KAPITEL SIEBEN

Detective Walsh hatte es nicht eilig, ins Büro zu kommen. Es war ein sonniger Morgen, und der Anblick einiger Schneeglöckchen unter der Hecke hatte ihn beim Einsteigen in seinen Wagen in gute Laune versetzt. Er fuhr los, ohne ein klares Ziel vor Augen zu haben. Den Fluss Lee entlang, den Hügel hinauf, um auf die Stadt hinunterblicken zu können.

Nach dem Tod seiner Frau hatte er überlegt wegzuziehen. Sich versetzen zu lassen. Einen Neuanfang zu machen. Eine Chance, neue Erinnerungen zu schaffen, in denen Doreen keine Rolle spielte. Irgendwie war die Zeit vorübergeglitten, und jetzt war er froh, immer noch in der Stadt zu wohnen. Erinnerungen an Doreen lasteten nicht mehr wie ein schweres Gewicht auf ihm. Sie verliehen ihm Wurzeln. Er konnte sich nicht vorstellen, irgendwo anders zu leben.

Er parkte vor einer Ladenzeile. Niemand konnte ihm vorwerfen, er würde nicht arbeiten. Vielleicht observierte er ja eines dieser kleinen Geschäfte. Hehlerware. Drogen. Sobald er das Haus verlassen hatte, konnten überall Schauplätze von Verbrechen sein. Er kramte in seiner Aktentasche nach einem KitKat, von dem er sicher war, es noch nicht gegessen zu haben, da rutschte sein Notizheft heraus auf den Beifahrersitz. Er erblickte Helen Beamishs Namen und ein paar Gesprächsnotizen von seinem Anruf in dem Hotel in Dublin. Er startete den Motor. Heute schien ihm ein guter Tag zu sein, Orla Shine einen Besuch abzustatten.

Das Haus war größer, als er erwartet hatte. Frei stehend, ein Stück von der Straße zurückversetzt. Ein eigenartiger Balkon thronte oben auf der Veranda. Brian fragte sich, warum irgendwer sich dafür entscheiden sollte, darauf zu sitzen. Vielleicht, wenn ein Festzug vorüberzöge. Er musterte die Vorstadtstraße. Das kam ihm unwahrscheinlich vor.

Der Vorgarten sah gepflegt aus. Selbst jetzt im Winter mähte jemand das Gras. Er bezweifelte, dass Orla Shine sich selbst darum kümmerte. Als er klingelte, läutete ein schweres Glockenspiel durchs Haus.

«Ich komme!», erklang es laut aus der Ferne.

Brian wartete und drehte seine Mütze in den Händen.

Die Tür schwang auf.

«Ja?»

Orla Shine trug einen babyblauen Trainingsanzug. Ihr blondes Haar war mit einem rosa Schal zurückgebunden. Sie war ungeschminkt, und Brian bemerkte, dass sie sogar noch jünger und hübscher aussah als die zauberhafte Witwe, der er ein paar Monate zuvor begegnet war.

«Detective Walsh. Wir haben miteinander gesprochen, nachdem Ihr Mann ertrunken ist.»

Orla lächelte.

«Natürlich, Detective. Möchten Sie reinkommen? Es herrscht ein bisschen Chaos, tut mir leid.»

Hinter ihr erblickte Brian Kartons.

«Ich will nicht stören. Sieht so aus, als hätten Sie zu tun.»

«Ich packe. Ich habe das Haus verkauft. Nachdem Tom ...» Sie unterbrach sich. «Also, nach Tom kam mir das Haus zu groß vor. Es fühlte sich komisch an, so ganz allein.»

Brian war unbehaglich zumute. Flirtete sie mit ihm? Bestimmt nicht.

«Sie stammen von hier? Aus Cork? Ist das richtig?»

«Ja.»

«Haben Sie viel Zeit in Dublin verbracht?»

«Dublin? Also, ich bin schon dort gewesen, aber nein, nicht wirklich.»

«Haben Sie dort viele Freunde?»

Orla hatte aufgehört zu lächeln. «Detective, worum geht es hier?»

«Es besteht bestimmt kein Grund zur Sorge.» Brian zögerte. «Ich möchte Sie nicht beunruhigen, aber wir sind von jemandem kontaktiert worden, der glaubt, Ihren Mann in Dublin gesehen zu haben.»

Orlas Miene verhärtete sich.

«Wie können Sie es wagen, damit zu mir zu kommen? Sie wissen genau, wo mein Mann ist.»

«Natürlich. Es tut mir leid, dass ich Ihnen diese Fragen stellen muss. Der Grund ist, dass seine Leiche nie gefunden wurde, deswegen müssen wir solchen Hinweisen nachgehen. Ich hoffe, Sie verstehen das.»

Orla verdrehte die Augen. «Ich schätze schon, aber Sie werden Ihrerseits bestimmt verstehen, dass es nicht besonders angenehm ist, als Lügnerin bezeichnet zu werden.»

«Also Mrs. Shine, das sagt doch niemand. Eine letzte Frage. Gab es Versuche, Geld von Ihrer Bank abzuheben?»

Orla verschränkte die Arme.

«Meiner Bank?»

«Einem gemeinsamen Konto? Irgendwelche ungewöhnlichen Aktivitäten?»

«Soweit ich weiß, ist alles in Ordnung. Gut, wie Sie sehen, bin ich eine viel beschäftigte Frau.»

«Selbstverständlich. Vielen Dank für Ihre Zeit.»

Brian setzte sich die Mütze wieder auf und ging zurück zu seinem Wagen. Er hörte, wie sich die Haustür schloss. Auf der Straße blickte er sich zum Haus um. Hatten sich gerade im ersten Stock die Vorhänge bewegt? Er war sich nicht sicher. Als er die Straße hinunterging, fiel ihm ein Auto mit einem verblassten Aufkleber auf. Darauf stand: *Auf nach Horse Head.* Detective Walsh blieb stehen. Der

Wagen kam ihm bekannt vor. Wo hatte er ihn nur schon einmal gesehen?

Auf Horse Head lag Helen Beamish im Bett. Margaret stand in ihrem Zimmer.

«Ich habe dir doch gesagt, du sollst nicht zu dieser Insel rausfahren. Ich habe gesagt, du wirst dir den Tod holen, und jetzt schau dich an.»

Helen hasste es, dass Margaret recht behalten hatte.

«Mir geht's gut», sagte sie, aber fühlte es nicht. Ihr Hals schmerzte, und ihr war fürchterlich heiß. Sie wollte wieder schlafen.

«Iss deine Suppe», sagte ihre Schwester. «Dann fühlst du dich besser.»

Helen rührte mit dem Löffel langsam in der Schüssel. «Es tut mir leid, Margaret. Ich will einfach nur schlafen.»

«Na gut.» Margaret nahm das Tablett und marschierte aus dem Raum. Helen hätte ihre Schwester gern daran erinnert, dass sie selbst diejenige gewesen war, die die Suppe gekocht hatte. Margaret hatte sie lediglich drei Minuten in die Mikrowelle gestellt. Sie drehte auf der Suche nach einer kühlen

Stelle ihr Kopfkissen um und versuchte, wieder in den Schlaf zu finden. Helen war so müde, aber sie fürchtete sich vor einem Nachmittag, an dem sie sich nur im Bett hin und her wälzen würde.

Nach einer Weile begann das Traktorengeräusch ein paar Felder weiter, leiser zu werden, und der Schlaf überkam sie. Sie liebte diesen Augenblick. Nicht richtig wach, aber auch noch nicht ganz eingeschlafen. Da glaubte sie, etwas zu hören. War das die Haustür? Es spielte keine Rolle. Margaret war unten. Aus Helens gleichmäßigem Atem wurde ein leises Schnarchen.

—

Margaret öffnete die Tür und erblickte den Polizisten aus Cork. Er hielt seine Mütze in der Hand. Sein Lächeln erlosch, als er sie sah. Sie war nicht die Schwester, die er anzutreffen gehofft hatte.

«Detective Walsh», stellte er sich vor. «Wir sind uns schon begegnet. Mrs. Cullen, nicht wahr?»

Margaret bedachte ihn mit einem sparsamen Lächeln. Sie war schockiert, dass er ihren Namen noch wusste.

«Ja. Das bin ich. Wie kann ich Ihnen helfen?»

Brian wunderte sich, dass diese kalte, unnahbare Frau Helens Schwester sein sollte.

«Ist Miss Beamish zu Hause?»

Margaret schüttelte den Kopf. «Sie fühlt sich nicht wohl. Eine heftige Erkältung. Nachdem sie albernerweise mit Pat aus dem Pub Detektiv gespielt hat. Und das in ihrem Alter, ich bitte Sie.»

Sie sah Brian an und wartete darauf, dass er ihr zustimmte.

«Aha.» Der Detektive hielt inne. «Wird sie vielleicht später zu sprechen sein?»

«Nein», blaffte Margaret. «Und bitte kommen Sie nicht auf die Idee, später noch einmal vorbeizukommen, denn ich werde nicht zu Hause sein. Der Kinoclub in Bantry zeigt *Ein Herz und eine Krone*. Ich möchte nicht, dass Sie meine Schwester stören. Ist das klar, Detective Walsh?»

«Ja», antwortete Brian leise. Er war es nicht gewohnt, dass man so mit ihm sprach.

Ohne ein weiteres Wort schloss Margaret die Tür.

Brian setzte sich in den Wagen. Wohin sollte er fahren? Zurück nach Cork? Vielleicht schaute er

mal im Pub vorbei und horchte, ob Pat mehr wuss-
te. Brian war nach Horse Head gekommen, um mit
Luke Clancy zu sprechen, dem Freund von Orla
Shine, der dabei war, seine Farm zu verkaufen.

Luke hatte sehr überrascht gewirkt, als Brian ihn
auf Orla Shine angesprochen hatte. Er teilte dem
Detective mit, er sei nicht mit ihr befreundet. Er
habe Tom Shine nicht gekannt. Er verkaufe seine
Farm, weil er ins Geschäft seines Schwagers einsteigen wolle, der weiter im Norden lebte.

Brian wollte Lukes Aussage in Zweifel ziehen,
aber dann fiel ihm ein, dass er Orla auch nie auf
Luke angesprochen hatte. Er wusste von ihrer
Freundschaft nur, weil Helen Beamish ihm davon
erzählt hatte. Wo hatte sie davon gehört? Er hatte
sich bei Luke entschuldigt und war die Küste hi-
nuntergefahren in der Hoffnung, von Helen mehr
zu erfahren, aber nun war er keine Spur klüger. Er
blickte auf seine Uhr. Es konnte nicht schaden, im
Pub nach Antworten zu stochern.

Margaret spähte aus dem Fenster und wartete, bis
der Wagen davongefahren war. Was machte der hier
draußen? War es möglich, dass die Polizei Helen

und ihre Geschichte über den Kellner ernst nahm? Das konnte doch nicht sein, oder?

Im Laufe des Nachmittags bekam Margaret Kopfschmerzen, und ihr Hals fühlte sich rau an. Sie verfluchte ihre Schwester, die oben schlief. Im einen Augenblick verglühte Margaret beinahe, im nächsten zitterte sie vor Kälte. Sie beschloss, sich hinzulegen.

Oben an der Treppe klopfte sie an Helens Tür.

«Ja.»

Margaret trat ins Zimmer. Ihre Schwester lag noch im Bett, las aber ein Buch.

«Schön zu sehen, dass es dir besser geht.»

«Ein bisschen. Danke. Vielleicht stehe ich demnächst auf.»

Margaret legte sich seitlich eine Hand an den Kopf. «Du Glückliche. Ich fühle mich schrecklich. Ich lege mich wieder ins Bett.»

Helen ließ das Buch sinken. «Oh nein. Ich hoffe, ich habe dich nicht angesteckt.»

Margaret verdrehte die Augen. «Natürlich hast du das. Vielen Dank dafür!» Sie ließ die Tür offen stehen und überquerte den Flur in ihr eigenes Zimmer. Die Tür schlug laut zu.

Helen seufzte. Das Einzige, was schlimmer war, als krank zu sein, war, mit Margaret zurechtkommen zu müssen, wenn sie krank war. Helen stand auf. Es ging ihr deutlich besser. Sie sah sich im Spiegel an. Nicht allzu übel. Sie kämmte sich die Haare und zog sich eine dicke Wolljacke über. Tee. Das war es, was sie wollte. Sie ging nach unten.

Etwa eine halbe Stunde später war es draußen dunkel. Helen bekam Hunger und fragte sich, ob sie auch für ihre Schwester etwas kochen sollte, da hörte sie ein Rufen. Es war Margaret. Helen ging zum Fuß der Treppe.

«Ja? Was ist?»

«Ich habe scheußliche Kopfschmerzen. Hast du Paracetamol?»

Helen wusste, dass sie keines mehr im Haus hatte. Sie hatte am Morgen die letzte Tablette genommen.

«Bin mir nicht sicher. Ich sehe nach.»

Sie ging in die Küche und wartete einen Moment. Dann kehrte sie zur Treppe zurück.

«Entschuldige. Ich finde keins.»

Schweigen. Das war typisch Margaret. Helen verspürte den starken Drang, die Treppe hinaufzustürmen und ihre Schwester zu ohrfeigen. Stattdessen hörte sie sich sagen: «Möchtest du, dass ich ins Dorf fahre und dir welches hole?»

Eine hohe, dünne Stimme erwiderte: «Oh ja, bitte.»

«Gut. Ich bin nicht lange weg.»

«Und Helen?»

«Ja.»

«Könntest du Mrs. Carthy im Laden ausrichten, dass ich heute Abend nicht zum Kinoclub komme?»

«Natürlich», rief Helen durch ihre zusammengebissenen Zähne.

Zwanzig Minuten später setzte Mrs. Carthy Helen davon in Kenntnis, dass das Paracetamol in ihrem Laden ausverkauft sei.

Helen wusste nicht, was sie machen sollte. Sie hatte keine Lust, zurückzukehren und Margaret mitzuteilen, dass sie gescheitert war.

Mrs. Carthy sah auf die Uhr.

«Tobins, der Apotheker in Bantry, hat heute lange geöffnet. Wenn Sie gleich losfahren, sollten Sie es schaffen.»

«Sehr gut. Danke. Das werde ich versuchen.»

Eine Stunde durch die Dunkelheit zu fahren, war besser, als mit leeren Händen nach Hause zu kommen.

Als Helen den Wagen parkte, brannte in der Apotheke noch Licht. Ein paar Minuten später hatte sie die Tabletten und fuhr zurück nach Horse Head. Sie hatte bessere Laune. Die Nachtluft hatte ihrem Kopf gutgetan, und sie mochte das Gefühl, eine Aufgabe zufriedenstellend erledigt zu haben. Vielleicht würde sich Margaret darüber beklagen, dass sie so lange fort gewesen war, aber immerhin hatte sie Paracetamol aufgetrieben. Sie sang ein albernes Lied über einen Frosch, der eine Fliege verspeiste. Das Lied hatten die Kinder in der Schule geliebt.

Als sie zum Haus zurückkehrte, stellte Helen überrascht fest, dass es im Dunkeln lag. Sie war sich sicher, die Lampe im Flur angelassen zu haben, bevor sie das Haus verlassen hatte. Sie parkte den Wagen und nahm die kleine Papiertüte von der Apotheke. Ihr fiel auf, dass auch im Pub kein Licht brannte. Vielleicht hatte es einen Stromausfall gegeben?

Als sie den Schlüssel ins Schloss steckte, hörte sie

ein Geräusch. Es klang wie das Zuschlagen der Hintertür. Sie drückte gegen die Haustür, aber irgendetwas blockierte sie. Sie schob fester und bekam sie ein Stück auf. Ihre Hand tastete an der Wand nach dem Lichtschalter. Licht flutete den Flur. Helen schrie. Auf dem Boden lag, vor die Tür geschoben, Margaret in einer Lache aus Blut.

KAPITEL ACHT

Helen verabscheute Krankenhäuser. Den Geruch. Das grelle Licht. Die Menschen, die auf den Plastikstühlen saßen. Der ganze Ort verströmte Furcht. Wie geht die Sache aus? Wird der Patient wieder gesund? Sie selbst hatte diese Fragen ebenfalls gestellt, und der Arzt hatte ihr gesagt, dass Margaret sich vollumfänglich erholen würde. Es fiel Helen schwer, das zu glauben. Ihre Schwester lag an mehrere Maschinen und einen Tropf angeschlossen im Bett. Ihr Kopf war mit Verbänden umwickelt, und der kleine Teil ihres Gesichts, den man sehen konnte, wies dunkle Blutergüsse auf. Helen saß neben ihr und hielt ihre Hand.

«Du wirst wieder gesund. Alles wird gut», flüsterte sie wieder und wieder. Sie versuchte, nicht an den Abend zuvor zu denken oder all die anderen Male, an denen sie auf Margaret so wütend gewesen war.

Sie brachte es kaum über sich, sich all die Gelegenheiten vor Augen zu halten, bei denen sie ihrer Schwester am liebsten etwas angetan hätte. Sie hatte sich vorgestellt, sie zu knuffen, sie zu schlagen, ihr eine Ohrfeige zu geben. Helen entfuhr ein kleiner Schluchzer. Jetzt wollte sie nur noch, dass sich ihre Schwester aufsetzte und mit ihr sprach.

Es klopfte an der Tür. Helen sah auf, und Detective Walsh steckte den Kopf zur Tür herein.

«Wie geht es ihr?», flüsterte er.

«Sie sagen, sie wird wieder gesund. Ein paar Wunden mussten genäht werden. Gehirnerschütterung. Nichts Bleibendes.»

Brian trat ins Zimmer und stellte sich neben das Bett. «Es tut mir leid, dass ich gestern Abend nicht hier war. Ich habe erst heute Morgen davon erfahren.»

Helen zeigte auf den anderen Stuhl. «Setzen Sie sich. Bitte.»

Brian nahm Platz. Helen hielt, während sie sprach, den Blick auf ihre Schwester gerichtet.

«Die Polizei war sehr nett. Es war grauenvoll. Zuerst dachte ich, Margaret wäre … sie wäre …» Helen senkte den Kopf, um ihre Tränen zu verbergen.

Normalerweise hatte Brian eine Packung Taschentücher dabei. Berufsausrüstung. Aber heute hatte er sie im Auto gelassen.

«Mit Ihrer Schwester wird alles wieder gut», sagte er leise. Er hoffte, seine Stimme würde Helen beruhigen.

Sie wischte sich mit den Händen über die Augen. «Ich weiß. Es ist nett von Ihnen, dass Sie gekommen sind.» Sie schenkte ihm ein schwaches Lächeln.

«Ehrlich gesagt habe ich Informationen für Sie. Wir können später sprechen, wenn Sie möchten.»

«Nein. Jetzt ist gut.»

«Ich habe heute Morgen den Bericht gelesen. Das Schloss an Ihrer Hintertür wurde aufgebrochen. Ihre Schwester wurde von der Lampe im Flur getroffen. Es gab keine Fingerabdrücke, tut mir leid.»

Helen dachte einen Augenblick nach. «Aber was ist passiert? War es ein Einbruch?»

«Na ja, es ist nichts mitgenommen worden. Vielleicht haben Sie die Einbrecher gestört, aber in dem Bericht stand, die Handtasche Ihrer Schwester hätte auf dem Küchentisch gestanden.»

«Ich habe die Hintertür gehört.»

«Haben Sie auch ein Auto gehört? Eines in der Nähe parken sehen?»

«Nein. Aber als ich zurückkam, war es sehr dunkel, und dann, als ich Margaret gefunden hatte ... tja, danach ist alles verschwommen.»

«Natürlich. Natürlich.»

Vom Bett kam ein leiser Laut. Beide sahen zu Margaret hinüber, aber sie schlief noch.

«Wieso sollte jemand Margaret verletzen wollen?», fragte Helen den Detective.

«Fällt Ihnen da selbst nichts ein?» Brian wusste, dass Helen darüber nachgedacht haben musste.

«Na ja, das Einzige, was mir in den Sinn gekommen ist: Margaret war diejenige, die letztes Jahr im Fernsehen war. Vielleicht dachte deshalb jemand, sie wäre diejenige, die den Schwimmer gesehen hat. Ich bin Luke nie begegnet, Orla Shines Freund. Vielleicht will er die einzige Augenzeugin zum Schweigen bringen.»

Detective Walsh schlug sich auf den Oberschenkel.

«Genau das wollte ich Ihnen gestern sagen!» Seine Stimme kam ihr sehr laut vor.

Helen warf einen Blick auf ihre Schwester, um sicherzugehen, dass sie nicht gestört wurde.

«Was?», fragte sie.

Brian senkte die Stimme. «Ich war gestern bei Luke Clancy. Er behauptet, nicht mit Orla Shine befreundet zu sein.»

«Und glauben Sie ihm?»

«Das wollte ich Sie fragen. Woher wissen Sie, dass die beiden ein Paar sind?»

Helen dachte einen Moment nach.

«Mrs. Carthy vom Dorfladen hat etwas über sie gesagt. Auch Pat aus dem Pub. Und ich glaube, aber da bin ich mir nicht sicher, Orla selbst hat es mir auch erzählt.»

«Luke Clancy sagt, sie sind nicht befreundet, wem sollen wir also glauben?»

«Aber Pat hat sie zusammen gesehen!»

«Wirklich?» Brian hob eine Augenbraue. Das brachte Helen zum Lächeln.

Margaret rührte sich ein wenig in ihrem Bett. Helen stand auf. War ihre Schwester wach? Aber nein, Margaret lag wieder bewegungslos da.

Detective Walsh räusperte sich. «Ich hatte da einen Gedanken.»

«Oh, ja.» Helen setzte sich wieder.

«Wer wusste, dass Margaret gestern Abend zum Kinoclub wollte?»

Helen war verwirrt.

«Was meinen Sie?»

«Na ja, ist es nicht möglich, dass jemand in der Annahme ins Haus kam, Sie wären allein zu Hause?»

«Sie glauben, man hatte es auf mich abgesehen?» Helen erbleichte.

«Ich möchte Sie nicht verunsichern, aber es würde Sinn ergeben. Margaret sollte eigentlich ausgehen und Sie wären allein gewesen.»

«Aber der Kinoclub hat bestimmt hundert oder mehr Mitglieder. Alle wussten, dass gestern Abend ein Film gezeigt wird.»

«Aber nicht alle wussten, dass Margaret vorhatte hinzugehen. Wer wusste davon?»

«Ich habe keine Ahnung. Margaret könnte es jedem erzählt haben.»

Brian nickte.

«Stimmt. Mir hat sie es auch gesagt, und ich habe nur zwei Minuten mit ihr gesprochen!»

«Bin ich noch immer in Gefahr?»

Brian bemühte sich, ruhig und überzeugt zu klingen. «Nein. Die kommen nicht wieder. Ich kann die Polizei in Bantry heute Abend bei Ihnen anrufen lassen, wenn Sie möchten.»

Helen dachte einen Augenblick darüber nach. «Ja, bitte.»

Sie lächelten einander an. Brian stand auf. «Ich gehe dann wohl besser. Rufen Sie mich an, falls Ihnen etwas einfällt.»

«Das mache ich, und danke Ihnen. Danke für alles.»

«Keine Ursache. Auf Wiedersehen. Ach so, und vielleicht schauen Sie mal bei Pat im Pub vorbei. Bitten ihn, ein Auge auf Ihr Haus zu haben.»

«Gute Idee, das werde ich tun.»

Mit einem Winken verließ Detective Walsh das Zimmer.

Helen saß einen Moment einfach nur da. Die Maschinen piepten, und vom Flur konnte sie Stimmen hören. Sie dachte an den vorangegangenen Abend. Dieses Gefühl, als sie Margaret auf dem Boden liegen sah. Wie sie geschluchzt hatte, als man Margaret hinausgetragen hatte. Helen wusste zwar nicht, was dem Schwimmer zugestoßen war oder was Orla und Luke vorhatten oder auch der Angreifer ihrer Schwester, aber sie hatte etwas entdeckt. Sie liebte ihre Schwester. Und für den Augenblick war das genug.

KAPITEL NEUN

Margaret war wieder in den Nachrichten. Diesmal beneidete Helen sie nicht darum. Der alte Clip, in dem ihre Schwester darüber sprach, Tom Shine gesehen zu haben, wurde erneut gezeigt. Man berichtete über die Umstände des Überfalls. Den Einbruch und dann den tätlichen Angriff. Der Beitrag erwähnte, sie werde im Krankenhaus gut versorgt und dürfe erwarten, wieder ganz gesund zu werden. Es war eigentlich nicht wirklich eine Fernsehnachricht wert. Helen dachte, dass sie es bestimmt nur deshalb zeigten, weil sie den alten Clip ohnehin hatten und die Bucht darin so schön aussah. Der Sonnenschein ließ es beinahe wie eine gute Nachricht aussehen.

Auf der Rückfahrt nach Horse Head war Helen mulmig zumute gewesen. Schwebte sie in Gefahr? Als sie erst einmal zu Hause war, fühlte sie sich besser. Das Haus kam ihr immer noch vor wie ein sicherer Ort. Jemand hatte eine Holzplatte über die eingeschlagene Scheibe der Hintertür genagelt. Helen nahm an, dass Pat für die Reparatur verantwortlich war. Sie beschloss, sich bei ihm zu bedanken. Außerdem würde ihr die Meeresluft nach dem Tag im Krankenhaus guttun.

———

Pat sah schockiert aus, als sie den Pub betrat. Er sprang von seinem Hocker auf.

«Helen, wie geht es dir? Wie geht es deiner Schwester? Ich habe gestern Abend den Krankenwagen gehört, aber ich hatte Kundschaft hier.»

«Ja? Ich habe überlegt, herüberzulaufen und dich zu Hilfe zu holen, aber es brannte kein Licht.»

«Bist du sicher? Ich war hier. Komisch.»

«Mir geht es jedenfalls gut, und Margaret wird wieder gesund. Warst du das, der die Tür repariert hat?»

Pat hob die Hände. «Erwischt. Ich habe das Holz gefunden, und es war keine große Sache. Hat dir heute Abend Arbeit erspart. Drink?»

Helen zögerte. «Ach, warum nicht? Nur kurz.»

Sie setzte sich auf ihren üblichen Barhocker und erzählte Pat, was am Vorabend passiert war. Dann begann sie, ihre Unterhaltung mit dem Detective wiederzugeben. Wieso sollte jemand Margaret etwas antun wollen? Oder hatten sie es in Wirklichkeit auf Helen abgesehen? Pat sah verwirrt aus.

«Echt, ihr glaubt, es war mehr als ein zufälliger Einbruch?»

«Also, falls es ein Einbrecher war, hat er jedenfalls nichts mitgenommen.»

«Du bist nach Hause gekommen. Hast ihn gestört.»

«Margaret hatte ihre Handtasche auf dem Küchentisch stehen. Gleich neben der Hintertür. Und wieso hätte er mich nicht auch niederschlagen sollen, anstatt wegzulaufen?»

«Vielleicht ist da etwas dran. Noch einen?» Er klopfte gegen Helens Glas.

«Nein. Ich muss nach Hause, ich brauche eine Mütze voll Schlaf.»

«Ist das okay für dich? Du weißt, was ich meine, fühlst du dich sicher? Möchtest du, dass ich heute Abend bei dir im Haus schlafe?»

«Nein, nein. Es ist alles gut.» Sie wandte sich

ab. Sie spürte, wie sie errötete. Allein der Gedanke daran, dass Pat in einem Bett unter ihrem Dach schlief, ließ unerwünschte Gefühle in ihr aufsteigen. Pat war ein Junge. Er wollte nur nett sein. Er hatte kein Verlangen danach, mitten in der Nacht an ihrer Zimmertür zu klopfen. Sie hatte es eilig, aus dem Pub zu kommen.

«Gute Nacht!», rief sie, bevor sich die Tür hinter ihr schloss.

Helen schlief nicht gut. Sie war so müde, aber jedes noch so leise Knarren im Haus ließ sie sich im Bett aufsetzen. Wenn ihr nicht gerade Geräusche Angst einjagten, dachte sie an Pat. Er war ein guter Freund. Sie stellte sich vor, dass er mit ihr im Zimmer wäre. Nichts Sexuelles. Er würde sie nur gut zudecken. Vielleicht würde er «Gute Nacht» flüstern. Seine Hand ausstrecken und ihr übers Haar streichen. Dann beugte er sich herunter, seine Lippen berührten ihre. Nein! Nun war sie wieder hellwach und wütend auf sich. Sie musste an etwas anderes denken.

Schließlich sank sie in einen ruhelosen Schlaf. Als sie aufwachte, sah sie draußen Licht. Es musste bereits Morgen sein. Sie hörte das Telefon. Vermutlich hatte sein Klingeln sie aufgeweckt. Sie sprang aus dem Bett und rannte die Treppe hinunter. Vielleicht war es das Krankenhaus.

«Hallo. Hallo?» Sie war außer Atem.

«Helen? Ist alles in Ordnung?» Es war die Stimme von Detective Walsh.

Helen setzte sich auf den Stuhl neben dem kleinen Telefontisch.

«Entschuldigung. Ich bin gerade aufgewacht. Was kann ich für Sie tun?»

«Es geht um Ihren rothaarigen Kellner. Man hat ihn gefunden.»

Im Laufe der Erzählung des Detectives stellte sich heraus, dass man den Kellner gar nicht *gefunden* hatte. Er war in eine Polizeiwache in Dublin spaziert und hatte den Beamten alles erzählt, was er wusste.

Helen keuchte auf und gab kleine aufgeregte Laute von sich, während Brian sprach. Die Geschichte des Kellners bestätigte alles, was sie vermutet hatte. Es war der Kellner und nicht Tom Shine gewesen, der an Helen vorübergegangen war. Er war derjenige, der ins Wasser gegangen war. Er war zur

Insel geschwommen, dort in ein auf ihn wartendes Kajak gestiegen und auf die andere Seite der Bucht hinübergepaddelt. Er hatte nie von Orla Shine oder Tom Shine gehört. Er hatte keine Berichte über den Badeunfall gesehen. Man hatte ihm für das Schwimmen fünfhundert Euro bezahlt. Der Mann, der ihm das Geld gegeben hatte, hatte gesagt, er wolle jemandem einen Streich spielen. Der einzige Grund, aus dem der Kellner sich jetzt gemeldet hatte, lag darin, dass er den Bericht über Margaret in den Nachrichten gesehen und so von dem Überfall erfahren hatte. Er hatte Sorge, in ein Verbrechen verwickelt worden zu sein.

«Wie sich herausstellt, sind Sie eine hervorragende Detektivin, Helen.»

Helen stand nicht der Sinn nach Lob. Es gab eine Frage, auf die sie eine Antwort wollte.

«Der Mann. Wer war der Mann, der ihm das Geld gegeben hat?»

Brian schwieg einen Moment, um den theatralischen Effekt zu erhöhen. «Es war ... Luke Clancy.»

«Ich wusste es!» Helen stieß mit der Faust in die Luft. Sie fühlte sich, als hätte sie einen Preis gewonnen.

KAPITEL ZEHN

Sie konnte nicht still sitzen. Seit dem Telefonat mit dem Detective war sie voller Energie. Sie umrundete das Haus. Es gab nur eins, was sie tun wollte, aber sie wusste, sie musste damit warten. Sie setzte heißes Wasser auf. Sie rief im Krankenhaus an, um zu hören, wie es Margaret ging. Sie duschte.

Es brachte nichts. Alles, was sie wollte, war, in den Pub hinüberzulaufen und Pat die Neuigkeit zu erzählen. Sie kannte alle Gründe, warum sie sich davon abhalten sollte, aber hier spielte Logik keine Rolle. Am Ende knickte sie ein. Er hatte ihr dabei geholfen, das Rätsel zu lösen. Sie musste es ihm sagen. Es hätte nicht notgetan, im Flurspiegel ihre Frisur und den Lippenstift zu kontrollieren, dennoch war es das, was sie tat, bevor sie das Haus verließ.

Als sie vor dem Pub stand, bemerkte Helen, dass die Vorhänge zugezogen waren. Ungewöhnlich. Vielleicht war es gestern Abend spät geworden. Sie trat an die Tür und hörte Stimmen. Sie klopfte und wartete. Es war still. Die Stimmen schwiegen, aber niemand kam zur Tür. Helen klopfte erneut.

Nichts. Das war sehr seltsam. Pats Auto parkte dort, wo es immer parkte mit seinem kleinen Horse-Head-Aufkleber darauf. Helen fühlte sich unbehaglich. Durch einen Spalt zwischen den Vorhängen nahm Helen eine Bewegung wahr. Blondes Haar blitzte auf.

Ihre Gedanken überschlugen sich. Was, wenn es die Person war, die auch Margaret angegriffen hatte? War derjenige im Pub, um auch Pat zum Schweigen zu bringen? Helen fragte sich, ob sie nach Hause gehen und Brian Walsh anrufen sollte. Nein. Sie konnte den Angreifer stören, so wie sie es schon einmal getan hatte. Sie drückte gegen die Tür. Sie war offen. Helen trat in die Düsternis des Pubs.

Der erste Mensch, den sie sah, war Orla Shine. Sie stand hinter der Bar. Was machte sie hier? Dann entdeckte Helen in der gegenüberliegenden Ecke

Pat. Neben ihm stand ein großer Koffer, und er trug seinen Mantel. Alle drei erstarrten.

Pat sagte zuerst etwas.

«Helen.»

«Was ist hier los, Pat?» Helen sah Orla an und dann wieder Pat. Waren sie zusammen? Der Koffer. Wollten sie zusammen weg?

«Wir machen nur einen kleinen Ausflug.» Pat sprach sehr leise. Es war, als würde er auf ein wildes Tier einreden, das er nicht erschrecken wollte.

«Bist du mit Orla Shine ...?» Ihre Stimme versagte. Tränen traten ihr in die Augen.

Sie fühlte sich gedemütigt und dämlich. Sie wandte sich ab, um den Pub zu verlassen, aber in einer schnellen Bewegung durchquerte Pat den Raum und legte die Hand auf die Tür. Er drehte den Schlüssel im Schloss.

«Warum musstest du auch heute Morgen hierherkommen?» Er senkte den Kopf und zog seinen Gürtel aus den Schlaufen seiner Jeans.

«Pat.» Das kam von Orla hinter der Bar. «Was machst du da, Pat?»

Helen hatte große Angst. Sie wollte weg, aber plötzlich packte Pat ihren Arm. Sein Griff war fest. Er tat ihr weh. Sie stieß einen kleinen Schrei aus.

«Pat, um Himmels willen. Was hast du vor?», fragte Orla.

«Wir können sie schlecht wieder gehen lassen, oder?»

Helen versuchte, sich loszumachen, aber Pat war zu stark.

«Du tust mir weh. Pat, du hast mir geholfen. Wir waren ein Team.» Schon als Helen die Worte aussprach, wusste sie, wie dumm sie klangen.

Pat stieß ein kurzes Lachen aus. «Indem ich dir geholfen habe, warst du beschäftigt. Du hättest mich nie verdächtigt. Aber dann bist du in Dublin unserem rothaarigen Freund begegnet.»

Helen keuchte auf, als ihr die Wahrheit dämmerte. «Gestern Abend. Margaret. Das warst du!»

«Walsh hatte mir gesagt, dass sie ausgehen würde. Ich wollte dich abschrecken.»

«Du hast sie beinahe umgebracht.»

Orla kam hinter der Bar hervor.

«Pat. Das ist zu viel des Guten. Mit Tom war es etwas anderes, aber diese alte Frau hat niemandem etwas getan.»

Pat drehte sich um und zischte: «Sie wird alles kaputt machen. Wenn wir sie gehen lassen, wird sie Alarm schlagen. Sie werden uns am Flughafen schnappen.»

Orla fuhr sich mit den Händen durchs Haar. «Oh Gott. Oh Gott. Wir hätten gleich weggehen sollen, wie ich gesagt habe.»

Pat legte seinen Gürtel um Helens Hals. Sie schrie seinen Namen.

«Nein, Pat, das ist verrückt.» Orla zog an seinem Arm.

«Hör zu, ich fahre sie mit dem Boot raus und werfe sie in die Bucht, genauso, wie wir es mit Tom gemacht haben. Bis sie vermisst wird, sind wir längst über alle Berge.» Er begann, den Gürtel enger zu ziehen.

«Nein, Pat. Ich gehe. Ich will dabei nicht mitmachen.»

Orla rannte zur Bar, auf die Hintertür zu.

Helen versuchte, sich zu lösen, aber sie spürte, wie sich der Gürtel in ihren Hals grub. Sie glitt aus und fiel auf die Knie, aber Pat zog trotzdem heftig am Gürtel. Sie spürte einen Schmerz in der Brust. Sie brauchte Luft. Ihr Pat. Ihr lieber Pat. Warum tat er ihr weh? Irgendwo in der Ferne hörte sie ein Hämmern. Ein lautes Klopfen.

KAPITEL ELF

Eine Möwe segelte über den blauen Himmel. Das Wasser war klar, und die Sonne glitzerte auf den Wellen. Es war beinahe ein Jahr her, dass Helen von ihrem kleinen Meeresgarten aus den Schwimmer gesehen hatte. Jetzt versammelten sich dort drei Menschen um den Holztisch. Das helle Sonnenlicht ließ die grüne Ginflasche aufleuchten wie einen Edelstein.

Detective Walsh trug keine Uniform. Sein brauner Pullover und das gelbe T-Shirt ließen ihn lässig aussehen. Menschlicher, dachte Helen bei sich.

«Ich bin froh, dass Sie beide sich wieder gut erholt haben.»

«Wir pflegen einander», sagte Margaret lachend.

«Es war nicht so schlimm. Nur ein Schock», fügte Helen schnell hinzu. Sie wollte von Brian nicht für schwach gehalten werden.

Margaret starrte sie an. «Nicht so schlimm? Jemand hat versucht, dich umzubringen. Du hattest nur Glück, dass Detective Walsh gerade im richtigen Moment zum Pub kam.»

Helen schnaubte. «Glück? Das war kein Glück. Brian hat seine Fähigkeiten als Kriminalbeamter eingesetzt. Aber es stimmt, er hat mich vor einem bösen Ende bewahrt.» Sie hob ihr Glas. «Auf unsere Rettung und ein Happy End!»

Die drei stießen an.

«Ehrlich gesagt, es war wirklich Glück, Helen. Ich bin nicht gekommen, um Sie zu retten.»

«Nein?», fragte Helen.

«Nein. Ich hatte einen Wagen zu Orla Shine geschickt, um sie zum Verhör abzuholen. Selbst bin ich hier runtergekommen, um Luke Clancy zu befragen ...»

«Und wieso sind Sie dann in den Pub gekommen?», unterbrach Margaret ihn.

«Na ja, ich fuhr gerade aus dem Dorf, als ich an dem Schild vorbeigekommen bin, auf dem *Willkommen auf Horse Head* steht. Kennen Sie das?»

«Ja», antworteten beide Frauen wie aus einem Mund.

«Das ließ mich an den Aufkleber auf einem Auto denken, das ich vor Orla Shines Haus gesehen hatte. Damals ist mir nicht eingefallen, wo ich den Wagen zuvor schon gesehen hatte. An dem Tag auf der Straße fiel es mir wieder ein. Das Auto parkte immer vor dem Pub.»

«Ich bleibe dabei, Sie sind gut in Ihrem Job, das war kein Glück», versicherte ihm Helen.

«Na ja, es ergab alles Sinn. Der einzige Mensch, der Orla und Luke zusammen gesehen hatte, war Pat. Eine schöne Frau bot ihm die Möglichkeit, seinem Leben im Pub zu entfliehen, plus eine große Lebensversicherungssumme.»

«Vergessen Sie nicht das Geld vom Verkauf des Hauses», fügte Margaret hinzu.

«Stimmt. Man kann leicht sehen, was ihn dazu bewogen hat.»

Helen schüttelte den Kopf.

«Glaubt ihr wirklich, es war alles ihre Idee?»

«Sie nicht?», fragte Brian.

«Ich sage es nur ungern, aber ich glaube, es war seine. Wie er sich an diesem Morgen im Pub verhalten hat ...» Helen schloss die Augen. «Sie haben ja keine Ahnung. Er war wie ein anderer Mensch. Er hat mich die ganze Zeit über getäuscht. Ich fühlte mich so schlau. Aber in Wirklichkeit habe ich jemandem dabei geholfen, einen Mord zu vertuschen.»

Detective Walsh streckte die Hand aus und berührte Helens Arm. «Seien Sie nicht zu streng mit sich.»

Margaret schob ihr leeres Glas von sich. «Das Problem war, Detective Walsh, meine dumme Schwester hatte sich in den jungen Pat Carr verguckt.»

Helen klatschte mit der Hand auf den Tisch. «Habe ich nicht!» All die Liebe, die sie im Krankenhaus für Margaret empfunden hatte, war verschwunden.

«Ladys, bitte.» Brian hob die Hände. Die Schwestern funkelten einander an. Brian blickte hinaus aufs Meer.

«Sie haben hier wirklich ein wunderbares Fleckchen», sagte er, um das Thema zu wechseln.

«Danke.» Helen klang schon wieder gelassener. «Noch einen Gin?»

«Einen kleinen bitte.»

«Margaret?»

«Nein, danke, Helen. Ich muss mich um unser Abendessen kümmern. Bleiben Sie, Detective Walsh?»

«Nein. Vielen Dank. Ich trinke nur noch aus, dann gehe ich.»

Margaret erhob sich. «Es war sehr schön, dass Sie hier waren, und danke für all Ihre Hilfe. Ich gehe jetzt ein paar Kartoffeln schälen.»

Helen starrte ihre Schwester an. Wann hatte sie je ein Schälmesser in die Hand genommen? Wie auch immer, Helen würde sie nicht davon abhalten.

Brian und Helen sahen zu, wie Margaret über das Gras ging.

«Und sagen Sie mir noch eins: Sind Sie sich sicher, dass Luke Clancy nichts damit zu tun hatte?», fragte Helen.

«Ja. Ich glaube, Pat wusste, dass Clancy seine Farm verkaufen will. Da hat er hier und da seinen Namen fallen lassen, und schon hatte er einen Verdächtigen für den Fall, dass sie einen brauchten.»

«Und wieso sind die beiden nicht sofort abgehauen? Wozu warten?»

Brian stieß einen langen Seufzer aus. «Wer weiß? Geld, schätze ich. Sie mussten noch das Haus verkaufen. Auf das Geld von der Versicherung warten.»

Helen dachte einen Augenblick nach.

«Das war ein verrückter Plan. Man hätte sie doch ohnehin irgendwann erwischt?»

Brian schüttelte den Kopf. «Sie sind fast damit durchgekommen. Wenn Sie den Kellner nicht gesehen hätten, hätte niemand Fragen gestellt. Pat wäre verschwunden. Das wäre das Ende der Geschichte gewesen. Pat und Orla hätten trotz des Kellners die Ruhe bewahren sollen. Der Kellner wusste lediglich, dass man ihn fürs Schwimmen ordentlich bezahlt hatte. Da es keine Leiche gab, würden sie, wenn sie an diesem Tag das Land verlassen hätten, immer noch frei herumlaufen.»

Sie saßen in entspanntem Schweigen beieinander. Die Wellen plätscherten gegen die Felsen. Helen nahm einen Schluck von ihrem Drink.

«Ich muss gestehen, ich war tatsächlich auf irre Art und Weise in Pat Carr verschossen. Ich wusste, dass es verrückt ist. Sie müssen mich für eine äußerst alberne alte Gans halten.»

Brian sah sie nicht an. Er starrte nur hinaus aufs Wasser. «Nicht die Spur. Ein einsames Herz findet immer einen Weg, sich zu füllen.» Seine Stimme war leise, seine Worte wurden vom Wind davongetragen.

Helen sah den Mann an, der ihr gegenübersaß. Sie wusste nichts über ihn. Hatte er ein einsames Herz? Sie beschloss, dass es so war.

«Brian.» Ihre Stimme klang fest und bestimmt. «Sie bleiben zum Abendessen.»

Er lächelte sie breit an. «Tue ich das?»

«Ja.»

«Gut, dann ist das entschieden», sagte Brian, und sie stießen mit ihren Gläsern an, während die Abendsonne ihre Schatten über das Gras warf.

GRAHAM NORTON ist eine der bekanntesten Fernsehpersönlichkeiten der englischsprachigen Welt. Aufgewachsen ist er im County Cork im Süden Irlands. Sein Debüt «Ein irischer Dorfpolizist» avancierte zum internationalen Bestseller und wurde mit dem Irish Book Award ausgezeichnet. Auch der zweite Roman, «Eine irische Familiengeschichte», und der dritte, «Heimweh», gehörten in Irland jeweils zu den bestverkauften Büchern des Jahres.

SILKE JELLINGHAUS, geboren 1975, ist Übersetzerin, Autorin und Lektorin und lebt in Hamburg. Unter anderem hat sie Jojo Moyes und Olivia Manning übersetzt.